KB015742

나는 대학로 배우입니다

나는 대학로 배우입니다

– 청춘 공감 에세이

초판 1쇄 인쇄일 2021년 3월 17일
초판 1쇄 발행일 2021년 3월 25일

지은이 김윤후
펴낸이 양옥매
디자인 임흥순
교 정 조준경

펴낸곳 도서출판 책과나무
출판등록 제2012-000376
주소 서울특별시 마포구 방울내로 79 이노빌딩 302호
대표전화 02.372.1537 **팩스** 02.372.1538
이메일 booknamu2007@naver.com
홈페이지 www.booknamu.com
ISBN 979-11-5776-523-2(03810)

* 이 책의 수익금 일부는 한국연극인복지재단에 기부됩니다.

청춘 공감 에세이

나는 대학로 배우입니다

김윤후 지음

나이를 먹을수록 산다는 게

쉽지 않다는 생각이 드는 것 같습니다.

어른들이 말하던 학창 시절이 좋았다는 말을 인정하게 되면서

나 역시도 이제는 어른이 되었음을 느낍니다.

어른으로 산다는 것이 쉽지 않지만

이런 경험들 덕분에 우리는 더 성장하고

강한 어른이 될 수 있지 않을까 하는 생각이 듭니다.

지금도 어디선가 하루하루 현실과 싸우고 있을 청춘들에게

희망의 메시지가 되길 기원하며 이야기를 시작합니다.

2021년 3월

김윤후

* 차례

Part 02

블랙 리스트

Part 03

바람의 노래

차창 밖으로 흘러가는 화려한 불빛들을 보며
다음에 또 보자는 답을 보내는 내 마음은 슬펐다.
반딧불처럼 작은 빛을 내던 별 하나가
그렇게 사라져 간 것이다.

***'정답을 알지 못하여 방황하는 우리에게
유혹은 너무나 달콤하고 황홀한 것일까?'***

part 1

방황하는 별들

나는 배우가 되기로 결심했다 1

별다른 꿈도 없이 대입 준비를 하던 시절 우연히 『에반게리온』이라는 애니메이션을 접했다. 1화부터 26화까지 하루 만에 정주행을 할 정도로 감명 깊게 보았다. 나의 가슴속에는 어느새 애니메이션 감독이라는 꿈이 자리 잡게 되었다. 그리고 부모님의 반대에도 불구하고 무언가에 이끌리듯 애니메이션 학과에 진학했다.

누구나 학창 시절엔 꿈을 꾸듯 나 역시도 입학 후 한동안은 애니메이션 감독의 꿈을 꾸면서 지냈다. 무언가를 창조해 낸다는 것은 참으로 괴롭고 힘든 일이었지만, 여러 장의 그림을 그리고 그것들이 움직이는 것에 희열을 느꼈다. 그럼에도 내

안에 채워지지 않는 무언가에 대한 고민이 점점 깊어 가기 시작했다.

그러던 어느 날이었다. 유난히도 더운 오후, 예정에 없던 공강이 생겼다. 열심히 과제 준비를 해 온 나로서는 맥이 빠지는 일이었다. 다음 수업까지는 시간이 남아서 에어컨이 나오는 멀티미디어실에서 애니메이션을 볼 생각으로 건물을 나섰다. 건물 현관 앞에서는 같은 조형관 건물을 쓰고 있는 연극학부 학생들이 자신들의 공연을 홍보하고 있었다.

건물 밖 시멘트 도로 위로는 초여름의 열기가 이글거렸다. 다른 건물에 있는 멀티미디어실까지 가는 동안 티셔츠가 땀에 흠뻑 젖을 것 같았다. 그때 홍보를 하는 미모의 여학생이 10분 후에 공연을 시작한다며 팸플릿을 건넸다. 제목만 들어도 진부할 것 같은 공연이었지만 공연장 입구에서 흘러나오는 시원한 에어컨 공기와 입장료가 무료라는 말에 나는 목적지를 바꾸기로 마음먹고 공연장으로 들어갔다.

조금 부담스러울 정도로 앞줄에 앉았지만 자리도 편하고 시원해서 불이 꺼지면 한숨 자야겠다고 생각했다. 그런데 입장료는 공짜라고 해 놓고 피에로 분장을 한 바람잡이가 자율적으로 기부금을 받는다면서 앞줄에 앉아 있는 사람들 한 명 한 명에게 모금함을 들이댔다. 돈을 넣을 때마다 큰 박수와 함성이 뒤쪽에서 터져 나왔다. 눈치가 보여서 천 원짜리 한 장만 넣으려고 했지만, 불행히도 내 주머니 속에는 현금이라곤 만 원짜리 지폐 한 장뿐이었다.

이 돈이 오늘 밤에 그들의 술값에 보태어지리라는 걸 알면서도 어쩔 수 없이 모금함에 가지고 있던 현금을 넣었다. 그런데 공연이 시작되고부터는 의외로 집중하면서 보게 되었다. 제목은 진부했지만 공연은 웃기는 장면도 많았고, 눈물 흘릴 만큼 감동적인 장면도 많았다. 땀을 뻘뻘 흘리며 연기하는 그들을 보며 소름이 돋았다.

공연이 끝나자 극장을 가득 메운 관객들이 좋은 연기를 보여준 그들을 향해 기립박수와 함성으로 감사함을 표했다. 나 또한 일어서서 열렬히 박수를 보냈다. 무대 위에서 환하게 웃으면서 인사를 하고 있는 그들을 보면서 나는 생각했다. 애니메이션에서 나오는 인물들에게 생명을 불어넣기보다는 내가 직접 주인공이 되어 살아 보고 싶다고. 그렇게 해서 나는 부모님과 상의도 없이 내 독단으로 전과를 신청하였다.

연극영화과가 생긴 이후로 전과를 신청한 학생이 처음이어서 학과에서는 전과 오디션을 보기로 했다. 내 인생 첫 오디션이었다. 어떻게 준비를 해야 할지 막막했지만 국어 교과서에 나오는『광장』이라는 작품의 독백 부분을 외워서 갔다. 교수님들 앞에서 연기를 한다는 것이 어색했지만 절실함이 컸던지 연기 후에는 예정에도 없던 노래와 막춤까지 추면서 간절하게 오디션에 임했다. 다행히도 분위기는 화기애애했고 당시 학과장이셨던 K교수님은 서류에 사인과 직인을 흔쾌히 찍어 주셨다.

"젊었을 때는 하고 싶은 것을 다 해 봐야지."

그렇게 다음 학기에 나는 정식으로 연극영화과 학생이 되었다.

뮤지컬 〈작업의 정석〉 (2017)

나는 배우가 되기로 결심했다 2

책상 앞에 앉아 주입식 교육만 받으면서 자라 온 나에게 춤과 노래 그리고 연기를 배운다는 것은 낯설지만 즐거운 일이었다. 고교 시절 전교에 한두 명 있을 법한 끼 많은 친구들과 함께 꿈을 꾸는 것은 하루하루가 설렘의 연속이었다.

전과를 해서 서류상으로는 연극학과 일원이 되었지만 입시 준비를 하고 들어온 다른 이들에게 나는 값을 치르지 않고 무임승차를 한 사람처럼 달가운 존재는 아니었다. 모두들 나의 이름보다는 전과 학생으로 불렀고 짓궂은 선배들은 전과자라고 하기도 했다. 처음에는 위축되고 어색했지만 학과 행사에도 참여하고 과대표까지 하게 되어 비교적 빠른 시간 안에 동료로서 학과 분위기에 녹아들 수 있었다.

드라마 제작 교과목 시간에 운 좋게도 남자 주인공으로 캐스팅되었다. 드라마 내용은 남자 주인공이 하루 동안 준비를 한 후 여자 주인공에게 극장에서 프러포즈를 하는 것이었다. 여러 가지 사정으로 후반부를 먼저 촬영하고 전반부를 나중에 촬영하기로 했다. 드라마를 촬영하던 때가 한여름이었는데, 나는 더위를 이기지 못하고 촬영 중간 쉬는 시간에 충동적으로 긴 머리를 짧게 잘랐다.

그런데 미처 생각지 못했던 일이 발생했다. 프러포즈를 준비할 땐 머리가 짧았다가 단 하루 만에 극장에서 프러포즈를 할 땐 갑자기 머리가 길게 자라서 등장한 것이다. 시연회 때 교수님과 다른 학생들은 의아해했고 난 프러포즈 준비를 하면서 야한 생각을 해서 머리가 자랐다고 둘러댔다. 모두들 한바탕 웃었지만 감독을 맡았던 친구는 영상편집을 하면서 나 때문에 장학금을 못 받게 됐다고 펑펑 울었다고 한다. 다행히도 나중에 장학금을 받게 되었지만, 우리들에게 그 일은 두고두고 잊지 못할 학창 시절의 소중한 추억으로 남아 있다.

그 시절 우리는 모두 꿈으로 가득 차 있었고 건물 옥상에 올라가 신문지를 깔고 값싼 안주에 소주를 마시며 서로의 꿈을 공유했다. 그리고 매일매일 흘린 땀이 그 꿈을 이루어 주리라 믿었다. 밤이 깊어 가고 동이 틀 무렵까지 별을 보며 술잔을 기울이고 다짐하던 그 시간들은 그 믿음을 굳건하게 해 주었다.

시간이 흘러 객석에서 올려다만 보던 무대라는 신성한 공간에 나 역시도 설 수 있는 기회가 찾아왔다. 언제나 그랬듯이 술이 덜 깬 상태로 수업 전에 몸을 풀기 위해 아침 일찍 학교 안에 있는 연습실로 향하던 평범한 날이었다. 계단 옆 게시판에 붙어 있는 오디션 공고를 보게 되었다. 졸업 전에 꼭 무대에 서리라 다짐하면서 학교생활을 하던 나는 마지막 기회라는 생각에 그날부터는 술도 마시지 않고 열심히 준비했다. 덕분에 주인공은 아니지만 제법 대사가 많은 역으로 무대에 설 수 있었다.

우리는 아침 열 시부터 밤 열 시까지(텐투텐) 두 시간 남짓한 공연을 위해서 몇 달에 걸쳐 준비를 했다. 공부를 그렇게 했다면 서울대를 가지 않았을까 하는 생각이 들 정도로 열심히 했다. 공교롭게도 내가 처음 전과를 마음먹은 곳에서 공연을 하게 되어서 더욱 욕심이 났다.

주인공 역할로 두 명이 캐스팅되어 이틀 공연에 하루씩 번갈아 가면서 공연을 하게 되었다. 한 친구는 공연 때도 연습 때와 크게 다르지 않게 약속된 대로 연기를 하여서 다른 출연자들이 편하게 공연을 했지만, 나머지 한 친구는 흥분하는 바람에 연습에서 했던 약속과는 다르게 연기를 하여서 공연자들을 당황스럽고 힘들게 했다. 그런데도 관객들에게는 더 좋은 평을 받았다.

'어떤 배우가 좋은 배우일까?'

공연을 마치고 자신에게 물어보았지만 답을 낼 수 없었다. 어쩌면 이 질문과 평생을 싸워 가면서 배우 인생을 살아야 할지 모른다는 생각이 들었다.

그렇게 꿈꿔 왔던 시간이 끝나고 마지막 커튼콜 시간이 찾아왔다. 나는 모든 것을 다 쏟아부었기에 후회 따윈 없었다. 따사로운 조명 아래서 나를 향해 박수를 보내는 동료들에게 머리 숙여 인사로 화답했다. 나도 모르게 흘러내린 감격의 눈물이 무대 위에 떨어져서 조그마한 얼룩이 되었다. 그것을 보고 운명을 느꼈다. 그리고 마음속으로 외쳤다.

'배우가 되고 싶다!'

울타리 밖에서

학교를 다닐 땐 막연하게 졸업만 하면 뭔가 될 줄 알았다. 어쩌면 함께 꿈을 꾸던 나의 동기들도 생각이 크게 다르지 않았을까. 학교라는 울타리를 나오는 순간 나는 혼자였고 무엇을 어떻게 시작해야 할지 몹시 혼란스러웠다. 그때 깨달았다. 내 인생은 누구도 책임져 주지 않는다는 것을.

대학로의 수많은 작품들은 나에게 오디션에 참가할 기회조차 주지 않았다. 나는 경력 하나 없는 전문대학교 졸업생이기 때문이었다. 서류 전형에서조차 번번이 탈락하면서 처음으로 현실의 벽을 느꼈다. 교수님들께서 말씀해 주시던 꿈과 희망들이 무너져 가는 것이 너무 허망했다. 그러나 그만두고 싶진 않았다. 아니, 그럴 수 없었다. 함께 꿈을 꾸던 나의 사랑하는 동료들도 분명 나와 마찬가지로 현실과 싸우고 있을 테니까.

무작정 대학로에서 하는 공연을 보러 다녔다. 티켓 가격이 만만치 않아 낮에는 아르바이트를 하고 오후에는 대학로로 향했다. 그들의 공연을 보면서 나도 언젠간 저렇게 무대 위에 서겠다는 간절함은 더 강해져만 갔다. 그러나 간절함만으로는 누구도 나를 불러 주지 않는다는 것을 그리 오래지 않아 깨닫게 되었다.

그러던 어느 날 우연히 거리에서 호객 행위를 하면서 표를 파는 사람들을 발견했다. 그리고 배우도 아닌 그들에게 배우가 되고 싶다면서 어떻게 해야 하는지 물었다.

"저기… 배우가 되고 싶은데 어떻게 해야 하나요?"

"표 안 살 거면 귀찮게 하지 마세요!"

여러 사람에게 질문을 했지만 내가 표를 살 줄 알았던 그들은 모른다면서 귀찮아했다.

더 이상 물어볼 사람이 없어질 때가 돼서야 지친 나는 마로니에 공원에 있는 벤치에 멍하게 앉아 있었다. 그러다 문득 키가 160센티도 안 될 정도로 작고 얼굴이 까만 남성이 땀을 뻘뻘 흘리면서 호객 행위를 하고 있는 게 눈에 들어왔다. 저 사람에게 마지막으로 물어봐야겠다는 생각을 하고 같은 질문을 했다. 다행히도 그는 자신도 배우 지망생이라고 반가워하며 자기가 소속돼 있는 극장으로 가 보라고 했다. 나는 너무 신이 나서 구십 도로 머리를 숙여 인사를 하고 그곳으로 향했다.

조금 이른 시간이어서인지 극장 문이 닫혀 있었다. 건물을 관리하시는 분이 사무실을 알려 주셔서 힘차게 그쪽으로 걸음을 옮겼다. 역에서 도보로 15분 정도 걸리는 위치의 극단 사무실은 다른 허름한 건물들에 비해서 번듯했고 보안이 철저했다. 배우가 되고 싶어서 왔다는 말에 극단 사무실 직원은 반갑게 반겨 주었고 잠시 후에 연출을 만날 수 있었다.

조금 피곤한 듯 보이는 연출은 면담을 하고선 대본을 던져 주었다. 바로 공연에 올릴 수는 없지만 준비가 된 것 같으면 본인이 판단해서 무대에 올리겠다는 말과 함께. 대신에 오전부터 나와서 극장 정리를 하고 선배들이 연습하는 것을 보고 배우라고 했다. 큰 소리로 연출에게 감사의 인사를 하고 사무실을 나와 근처 카페로 향한 나는 구석에 앉아 대본 표지에 적혀 있는 내 이름을 보았다. 나도 모르게 감정이 벅차올라 눈물이 흘러내렸다. 대본 위에 떨어진 눈물로 인해 제목의 몇 글자가 번지기 시작했다. 놀란 나는 눈물을 훔쳤다. 그리고 맹세했다.

'대한민국 최고의 배우가 돼야지!'

그렇게 대학로 입봉작이 시작되었고 그날은 떨림과 벅차오름으로 새벽까지 대본을 읽었다.

다음 날 설렘과 두려움을 안고 극장에 첫 출근을 했다. 놀랍게도 나보다 하루 먼저 배우가 되고 싶다고 찾아온 사람이 있었다. 인천에 살고 있는 그는 나보다 한 살 어렸고 누가 봐도 미남이었다. 인천에 살고 있는 그는 거리가 멀어 나보다 한 시간이나 먼저 일어나야만 했음에도 한 번도 지각을 하지 않을 정도로 성실한 사람이었다. 그에게 열정으로도 지고 싶지 않았기에 나 역시 택시를 타더라도 늦지 않았다. 그렇게 우리는 불평 없이 한 달 이상을 아침 일찍 출근하여 극장 청소와 연습실 정리를 했다.

그와 나는 경력이 없는 막내들이 맡는 대사가 제일 적은 배역을 맡게 되었다. 우리는 인생 첫 배역을 얻게 되어 신이 났지만 서로 더 많은 무대에 서기 위해 회차 경쟁을 해야 했다. 선의의 경쟁자였던 우리였지만 기존에 연습을 하고 있던 선배들의 심한 텃세로 인해 서로 의지하며 더 끈끈한 관계로 발전하게 되었다.

그렇게 우린 잠자는 시간과 아르바이트 시간을 제외하고 늘 함께 꿈을 키웠다.

방황하는 별들 1

연출은 일주일에 한 번 정도 극장에 왔다. 학교 일 때문에 바빠 보이는 눈치였다. 항상 같은 학생 두 명씩을 데리고 왔는데, 난 직감적으로 그들도 우리와 같은 배역을 맡아 연습할 것이라는 예감이 들었고 그 예감은 틀리지 않았다. 조바심이 들었지만 애써 태연한 척했다. 하지만 나와 함께 연습하던 친구는 표정이 좋지 않았다. 점점 말수도 부쩍 줄더니 어느 날부터 내게 말도 없이 극장에 나타나지 않았다.

걱정이 되어서 연락을 해 보았지만 그는 다른 일을 하겠다며 다음에 보자는 답장이 왔다. 마음이 아팠지만 그의 선택을 존중해야겠다는 생각이 들었다. 그 후로 한동안 홀로 연습을 했다. 연출의 제자들은 혼자인 나를 보며 경쟁자가 줄어서 무대에 올라갈 확률이 높아지겠다고 비아냥거렸지만 나는 무대에 오르는 것만을 생각하며 홀로 연습했다.

두 명의 제자 중 키가 큰 제자는 마술이 특기였고 키가 작은 제자는 탭댄스가 특기였다. 키가 작은 제자는 내가 혼자 연습을 하면 은근슬쩍 내 근처에서 탭댄스를 추면서 연습을 방해하곤 했다. 나도 빨리 그만두길 바라는 눈치였다. 그러나 함께 고생한 친구의 몫까지 최선을 다하고 싶었기 때문에 포기할 수 없었다.

어느 날 오전에 연습실을 갔더니 연출의 제자들이 다른 학생들과 춤 연습을 하고 있었다. 금방 끝나길 기대하고 뒤편에 앉아 있었지만 연습은 끝날 기미가 보이지 않았다. 그 둘은 거울을 통해서 흘깃 나를 보고서도 눈인사조차 하지 않았다. 이대로 연습도 못 하고 아르바이트를 간다면 하루를 그냥 날리는 것 같아서 화가 났다.

짐을 싸고 무작정 연습할 곳을 찾아 나섰다. 돈도 없고 연습실도 없는 나는 뮤지컬 음악을 들으면서 어떻게 해야 할지를 생각하며 무작정 대학로를 거닐었다. 그렇게 얼마나 걸었을까. 잠시 쉴 생각에 마로니에 공원의 벤치에 앉았다.

유난히도 푸른 하늘을 보고 있으니 저절로 눈물이 핑 돌았다. 문득 먼저 그만둔 친구의 얼굴이 눈앞에 아른거렸다. 친구에게 연락을 해 볼까 하는데 공원 안에 있는 무대가 눈에 들어왔다. 순간적으로 저기서 연습을 해야겠다는 생각이 들었다. 그리고 기쁜 마음으로 무대에 올랐다.

이른 아침이라 공원에는 간간히 새소리가 들려올 뿐 사람이 별로 없었다. 망설임 없이 발성 연습을 한 후 대본을 들고 평소처럼 연습을 했다. 조금 시간이 지나자 무대 앞쪽에서 붉은색 치어리더복을 입은 댄스팀이 나타났다. 큰 무대를 홀로 쓰는 것이 미안해서 양보하려 했지만 그녀들은 곧바로 구호에 맞추어 춤을 추기 시작했다. 그녀들을 보고 나도 용기를 내어 더 크고 우렁차게 연습을 했다.

조금 후엔 기타를 치는 사람이 나타나서 연주를 하기 시작했다. 또 조금 후엔 앰프를 들고 와서 노래를 부르는 사람도 나타났다. 순식간에 대학로의 작은 공원에는 춤을 추는 사람들과 노래하는 사람, 기타를 연주하는 사람과 무대 위에서 연기하는 사람으로 가득 찼다. 연습을 하다가 무대 위에서 잠시 넋을 잃고 그들을 바라보았다. 그리고 다짐했다.

'절대 포기하지 말아야지!'

방황하는 별들 2

대학로 첫 입봉작에서 내가 맡은 역할은 경찰이었다. 무대 뒤에서 경찰복을 입고 대기하다가 선배들의 대사에 맞춰서 약속된 타이밍에 노크를 하고 문을 열고 들어가 남자 주인공을 심문하는 역할이었다.

"안녕하십니까. 경찰입니다. 혹시 수상한 사람 못 보셨습니까?"

내 배우 인생의 첫 대사였다. 그리 긴 대사는 아니었지만 지인들이 아닌 돈을 주고 온 사람들, 처음 보는 낯선 관객들 앞에서 연기를 한다는 게 참으로 두려웠다.

그런데 내 대사가 마음에 들지 않았던지 선배는 공연이 끝나고 극장에서 늦은 시간까지 연습을 시켰다. 영화에서 형사 역을 맡은 배우들을 보고 최대한 자연스럽게 연기를 하려고 했지만 선배들은 연기를 대충 한다며 힘이 들어간 연기를 원했다. '이건 아닌 것 같은데….'라는 생각을 하면서도 시키는 대로 할 수밖에 없었지만 공연 때는 내가 생각하는 경찰을 연기했다. 덕분에 그들이 포기할 때까지 연습은 계속되었다.

후반부에 15분 정도밖에 나오지 않는 경찰은 배우라기보다는 오퍼에 가까웠다. 등장하기 전까지 조명과 음향을 조정하고 잠시 등장했다가 퇴장하면 다시 오퍼로 돌아가고 커튼콜 때 인사를 하는 게 끝이었다. 그럼에도 힘들었던 시간들이 잊힐 정도로 행복했다. 내가 설 수 있는 무대와 공연을 보러 온 관객이 있으니까.

무대에 오르고 한 달 정도 지났을까. 같이 연습을 했던 친구에게서 연락이 왔다. 극단에서 자리가 잡힐 때쯤 연락이 와서 반가운 한편으로 왠지 미안한 마음이 들었다. 술 한잔하자는 연락을 받고 다음 날 있을 공연 생각에 잠시 망설였지만 그가 어떻게 사는지 궁금했기에 바로 약속을 잡았다.

우리는 만나자마자 반갑게 인사를 나누고 어제 헤어졌던 사람처럼 이야기를 나누었다. 나는 그간 있었던 일들을 친구에게 이야기하면서 신나게 연출과 우리를 괴롭혔던 사람들의 욕을 했다.

얼마나 시간이 지났을까. 각각 소주 한 병은 비웠을 무렵, 너무 내 이야기만 한 것 같아 그에게 근황을 물었다. 강남의 유명한 호스트바에서 일을 하고 있다는 말에 나는 술잔을 떨어뜨릴 정도로 놀랐다. 정신을 차리고 그를 보았다. 심플하면서 고급스러운 옷과 명품 시계는 훤칠하고 잘생긴 그를 더욱 빛나게 해 주고 있었다. 나의 이야기를 들을 때와는 달리 본인의 이야기를 할 때는 여유 있고 자신감이 넘쳐 보였다. 배우보다 적성에 잘 맞는다는 이야기를 들으면서 그의 삶이 행복하다는 것을 느낄 수 있었다. 술잔이 오가면서 그는 동료들과 찍은 사진들을 보여 주었다. 다들 잘생기고 화려했다.

우리는 12시가 훌쩍 넘을 때까지 술을 마셨다. 술자리가 마무리될 때쯤 그는 나에게 함께 일을 해 보자는 제의를 했다. 돈도 많이 벌 수 있고 우리는 끼가 있어서 금방 성공할 수 있다고 했다. 나는 몇 번 웃으면서 고개를 저었고 마지막엔 정중하게 거절하며 술값을 계산했다. 나에겐 제법 부담스러운 금액이었지만 스스로 지키고자 했던 것에 비하면 너무나 값싼 대가였다. 그가 말한 성공한 사람들처럼 슈퍼카를 몰고 아름다운 여성들과 화려한 삶을 살기보다는 그저 무대에서 빛나는 배우가 되고 싶었다. 단지 그것만이 내 인생의 목표이고 전부였다.

택시비를 주려는 그를 등지고 야간 버스에 탔다. 만원 버스였지만 얼마 지나지 않아 운 좋게 자리에 앉을 수 있었다. 조심해서 가라는 그의 메시지에 미안함과 동료를 잃은 안타까움이 교차했다. 차창 밖으로 흘러가는 화려한 불빛들을 보며 다음에 또 보자는 답을 보내는 내 마음은 슬펐다. 반딧불처럼 작은 빛을 내던 별 하나가 그렇게 사라져 간 것이다.

'정답을 알지 못하여 방황하는 우리에게 유혹은 너무나 달콤하고 황홀한 것일까?'

*

절실함이라는 무기

고교 시절 학업 스트레스를 잊게 해 주던 개그 프로그램이 있었다. 나는 방송 다음 날 학급 친구들과 재미있었던 코너에 대해서 이야기하거나 특정 개그맨들의 성대모사를 할 정도로 그 프로그램 애청자였다. 덕분에 반에서 끼가 있는 학급생으로 분류되어 분위기 메이커로 인정받곤 했다. 그들을 흉내 내면서도 매주 새로운 소재로 방송을 하는 그들이 대단하다는 생각이 들었다. 내심 나도 개그맨이 적성에 맞을 것 같다는 생각과 함께 그들을 동경하면서 학창 시절을 보냈다.

그리고 시간이 흘러 대학로에서 첫 번째 작품을 끝마치고 다른 작품 오디션을 보러 다닐 때쯤이었다. 유난히도 덥던 여름,

난 다시 무대에 서기 위해 닥치는 대로 오디션을 보고 있었다. 번번이 불합격 문자를 확인하면서도 내 마음은 뜨거웠다.

그러던 어느 월요일, 그날도 오디션 하나를 보고 아르바이트 시간까지 여유가 있어 낙산공원으로 향했다. 가파른 언덕과 수많은 계단을 걸어올라 공원 정상에 있는 팔각정에 도착해 대학로를 내려다보았다. 오늘 망쳐 버린 오디션이 머릿속에서 떠나지 않았다. 왜 그랬을까. 왜 그렇게 떨었을까. A4 용지 속 다섯 줄 정도의 지정대사를 버벅거리며 심사위원들 앞에서 얼어 버렸던 그 순간들이 떠오르며 무력함을 느꼈다.

'나는 재능이 없는 건가?'

그럼에도 내 눈앞에 펼쳐진 대학로에 밀집한 수많은 극장들을 보며 저곳에 있는 모든 무대에 설 때까지 포기하지 않겠다고 애써 다짐했다.

다음에는 잘하자는 마음으로 깊게 심호흡을 한 후에 낮잠을 자기 위해 이어폰을 끼고 팔각정 마루에 누웠다. 얼마나 시간이 지났을까. 아르바이트를 가려고 일어나는데 모르는 번호로부터 전화가 왔다. 지원했던 다른 오디션에 관련된 전화임을 직감하고 태연한 척 전화를 받았다. 내 예감은 틀리지 않았다.

"지금 극장으로 올 수 있습니까?"

지금 당장 오디션을 보러 오라는 전화였다. 시간을 확인해 보니 오디션을 보고 나면 정시에 아르바이트하는 곳까지 도착할 수 없을 것 같았다. 아르바이트 사장님에게 연락해 자초지종을 설명하며 조금 늦을 것 같다고 했지만 바쁜 시간대이기 때문에 일손이 부족해서 안 된다고 했다. 전화를 끊고 잠시 생각에 빠졌다. 지금 바로 아르바이트를 가지 않으면 불같은 사장님 성격에 날 자를 게 분명했다. 그렇게 되면 새로운 아르바이트를 구할 때까지 수입이 없어 공연을 볼 수 없을지도 몰랐다.

'내 몫까지 열심히 해라.'

망설이는 순간, 문득 전 작품 때 같이 연습을 하다 지금은 호스트바에서 일을 하고 있는 친구가 술을 마시면서 나에게 했던 말이 생각났다.

"저 일 그만두겠습니다."

아르바이트 사장님에게 전화를 하고 극장 측에서 문자로 보낸 약도를 보면서 무작정 달렸다. 낙산의 내리막을 달려가는 소리가 어찌나 컸는지 스쳐 지나가는 행인들이 나를 이상하다는 듯 쳐다보았다. 등 뒤에서 불어오는 바람은 나에게 힘내라고 내 등을 밀어주는 것 같았다.

극장 건물에 도착한 나는 엘리베이터를 타고 올라가면서 나 자신에게 할 수 있다고 주문을 걸었다. 텅 빈 극장엔 대표로 보이는 사람이 혼자 앉아 있었다.

"무대로!"

대표는 대충 눈인사를 한 후에 손으로 무대 쪽을 가리켰다.

무대 위에는 무선 마이크가 놓여 있었다. 나는 텅 빈 극장의 고요함 속에서 내 발자국 소리를 들으며 무대로 향했다. 자연스럽게 마이크를 들었지만 내 손은 떨리고 있었다. 대표는 조용필의 〈여행을 떠나요〉를 부르고 그 후에 자기소개를 하라는 주문을 했다.

그런데 대표 혼자 있는 줄 알았던 극장에 오퍼를 보는 사람이 있었다. 음악을 틀겠다는 오퍼의 말과 동시에 반주가 흘러나왔다. 그 순간 가족들과 여행을 갈 때 차 안에서 아버지가 틀어 주셨던 수많은 조용필 노래 중에 〈여행을 떠나요〉가 있었던 기억을 떠올렸다. 가사의 반절은 즉흥으로 지어냈고 하이라이트 부분은 알고 있는 대로 불렀다. 노래를 마치고 어색한 분위기를 깨기 위해서 자기소개를 했다. 나이와 이름을 말하고 있는데 대표가 입을 열었다.

"합격!"

그리고 그는 자리에서 일어나 오퍼를 보는 사람에게 나를 떠넘기고 극장 밖으로 나갔다. 감사하다는 말은커녕 자기소개도 끝내지 못한 나는 전입신고를 앞둔 이등병처럼 불안한 심정으로 무대에 서 있었다. 경력이 한 줄밖에 안 되는 배우가 하기에는 인기가 많은 공연이어서 나로서는 놀랍고 합격한 이유를 알 수가 없었다.

나중의 일이지만, 스물다섯 살 풋내기 배우였던 나에겐 대표라는 사람이 워낙 어려워서 평소에 물어보지 못하다가 군 입대 전 쫑파티를 할 때 술김에 용기를 내어 뽑힌 이유를 물어보았다. 그의 대답은 수많은 지원자 중에서 곧바로 달려온다고 한 사람이 나밖에 없었기 때문이라는 것이었다. 정말 그 이유로 내가 합격이 된 건지는 모르겠지만 풋내기 배우에게 가장 큰 무기는 어쩌면 절실함이 아닐까 하는 생각이 들었다.

오퍼의 안내를 받으며 대기실로 향했다. 대기실은 내가 전에 했던 작품의 배우 대기실보다 네 배도 넘게 큰 공간이었다. 그만큼 사람들도 많이 있었고 각자 분주해 보였다. 고요한 무대와 대조되는 곳이었지만 순간적으로 이들도 내 노래를 다 들었을 거라는 생각에 쑥스러웠다.

그런데 이상하게도 대기실에 있는 모두가 굉장히 낯이 익었다. 그리고 얼마 지나지 않아 그들이 내가 고교 시절에 애청했던 개그 프로그램에 나왔던 그 개그맨들이었다는 사실을 깨달았다. 특히 한 영국 영화배우를 닮은 개그맨은 내가 정말 좋아했던 연예인이었다. 그가 내 눈앞에서 소파에 앉아 아이스 아메리카노를 마시면서 아이패드로 게임을 하고 있다는 것이 믿기지 않았다. 나도 모르게 기합을 넣어 큰 소리로 인사했다. 주변에 있는 사람들은 모두 놀라서 나를 쳐다봤지만 그는 미동도 하지 않고 게임에 집중하며 대답했다.

“반가워요.”

슈퍼스타

고교 시절 동경하던 사람들과 함께 공연하게 된 것은 정말 꿈만 같은 일이었다. 그들에게 무대 위에서의 재치와 여유를 배울 수만 있다면 내가 배우로서 더 성장할 수 있을 거라는 생각도 들었다. 그래서 내 공연이 없는 날에도 극장을 찾아가 공연을 모니터링했다.

그들은 공연장 안에서는 물론 공연장을 벗어나서도 때와 장소를 가리지 않고 수시로 고민하며 떠올린 아이디어를 공연에 반영하곤 했다. 그러한 노력들이 공연의 질을 높여 주었고 많은 시간을 함께하면서 많은 것을 배울 수 있었다.

하루는 홍대 근처에서 아이디어 회의를 하다가 식사를 하기 위해 순댓국집으로 향했다. 저녁 시간이라 손님들이 많아서 식당 안은 시끌벅적한 분위기였다. 그런데 영국 배우를 닮은 개그맨 선배가 모습을 드러내자 갑자기 식당 안이 조용해졌다.

"어머, 연예인들이 오셨네! 티브이에 나오는 분들 맞죠?"

서빙을 하는 아줌마가 기본 반찬을 세팅하면서 선배에게 실물이 더 잘생겼다고 칭찬을 했다. 그러자 그는 여유로운 미소를 지으며 눈인사로 답했다. 우리는 밥을 먹으면서도 회의를 계속했다. 잠시 후 다시 식당 안이 시끌벅적해졌다. 그러다가 조용해지고 시끄러워지기를 반복했다. 나는 왜 그런가 싶어 조심스럽게 주변의 분위기를 살폈다. 그리고 곧바로 그 이유를 알게 되었다.

나를 비롯한 후배들이 의견을 낼 때는 시끌벅적하다가도 그가 입을 열면 조용해졌던 것이다. 나는 그때서야 근처 테이블의 손님들이 그의 이야기를 경청하고 있음을 깨달았다. 역시 연예인의 삶은 다르구나, 라는 생각이 들면서 그가 멋있게 느껴졌다. 부러운 심정으로 그를 바라보면서도 지금은 비록 무명 배우이지만 언젠가 꼭 성공해서 저 선배처럼 되어야겠다고 다짐했다.

선후배 간의 규율이 엄격한 개그맨들이었지만 그들은 배우를 꿈꾸는 막내인 나를 무척 아껴 주었다. 그중에서도 영국 배우를 닮은 선배는 나를 특히 예뻐했다. 그가 출연했던 개그 프로그램의 유행어를 제법 잘 흉내 내어서였을지도 모르겠지만 나도 그를 친형처럼 따랐다. 내가 진심으로 그를 존경하고 따르게 된 특별한 일화가 있다.

어느 날, 공연 시작 10분 전. 늘 그랬듯 우리는 마이크 테스트를 한 후 무대에 모여서 파이팅을 외치고 대기실로 향했다. 그런데 갑자기 그가 얼굴이 사색이 되어 지정된 시간에 중요한 입금을 해야 되는데 잊고 못 했다는 이야기를 했다. 오프닝 멘트를 책임지고 있던 그가 지금 은행을 갔다 오기에는 시간이 촉박한 상황이었다. 더구나 150석의 절반이 넘는 관객들이 이미 입장해 있었다. 객석에서 들려오는 관객들의 소리가 우리를 더욱더 긴장하게 만들었다. 우리는 모두 침묵하며 서로의 눈치만 보고 있었다.

"제가 금방 입금하고 오겠습니다."

난감한 상황에서 내가 먼저 침묵을 깼다. 그러자 다른 선배들이 그의 오프닝 멘트 후에 바로 내가 도끼를 들고 메인으로 춤을 추어야 하기 때문에 힘들 거라고 했다. 그러나 나는 은행까지 걸어서 15분 정도이기 때문에 뛰어가면 금방 갔다 올 수 있다고 그들을 안심시켰다. 고등학교 때부터 팬이기도 했고 그로부터 공연장 안팎에서 배운 것이 많아 이럴 때라도 힘이 되고 싶었다.

입고 있는 의상이 너무 눈에 띄어서 그 위에 티셔츠를 겹쳐

입었다. 그는 미안해하며 종이에 카드 비밀번호와 은행 계좌 번호를 적어 주었다. 종이와 카드를 받은 나는 입금해야 되는 금액을 물었다

"3백만 원이야. 차 조심하고 갔다 와."

그의 말을 들은 순간 내 머릿속에는 3백만 원이라는 단어밖에 없었다. 공교롭게도 공연 의상 바지에 주머니가 없어서 한 손에는 카드를, 다른 한 손에는 종이를 꽉 쥐고 대기실 문 밖을 나섰다.

'3백만 원이라니….'

지금도 그렇지만 그 당시 나에게 3백만 원은 만져 본 적도 없는 큰 금액이었다. 극장을 나서는데 티켓팅을 하기 위에 줄을 서 있는 관객들이 보였다. 그들을 뒤로하고 나는 세상에서 가장 무거운 카드와 종이를 들고 은행으로 향했다.

혹시나 나로 인해 공연이 지연되는 건 아닌지, 그로 인해 관객들이 회사에 항의 전화는 하지 않을까 머릿속이 점점 복잡해졌지만 카드와 종이를 확인하면서 최단거리 길로 은행을 향해 달렸다. 다행히도 은행 ATM 기계에는 사람이 없었다. 흘러내리는 땀이 ATM 모니터에 뚝뚝 떨어졌지만 나는 300이라는 숫자를 되뇌며 카드를 기계에 넣고 종이에 있는 계좌번호로 서둘러 입금을 시켰다. 입금을 마치고 다시 정신없이 극장으로 달렸다.

'달려라, 내 다리야. 조금만 더 가면 극장이다.'

다행히도 8분 만에 극장에 도착했다. 대기실로 들어가서 그에게 카드와 영수증을 건네자 그는 춤을 추듯 과장된 동작으로 나를 맞았다. 다른 출연자들도 수고했다며 나를 격려했다. 나도 숨을 고르면서 정시에 공연을 시작할 수 있겠다는 생각에 안도했다. 그런데 갑자기 그가 황당한 표정으로 나를 불렀다. 나는 의아해서 그를 바라보았다.

"너 3백 원 입금했어."

그는 그러면서 내게 영수증을 내밀었다. 순간 나는 가슴이 철렁 내려앉았다. 머릿속에 3백밖에 없던 내가 너무 긴장하고 급한 나머지 300만 입력하고 만 원 버튼을 누르지 않은 채 입금을 했던 것이다.

나는 다른 생각을 할 겨를도 없이 그에게서 카드를 낚아채고 곧바로 다시 뛰어나갔다. 산술적으로 계산해 봐도 도저히 정시에 다시 극장으로 돌아오는 건 불가능했다. 그렇지만 그 순간 내게 다른 선택은 없었다. 이를 악물고 달리기 시작했지만 안타깝게도 아까와 같은 속도가 나지 않았다. 그 와중에 계좌번호가 적힌 종이를 ATM 기계 위에 놓고 왔다는 사실이 떠올랐다. 그 종이가 그대로 있길 간절히 바라면서 달리는 속도를 더욱 높였다.

차라리 가만히 있을걸 왜 내가 그랬을까 후회가 밀려왔다. 대학로 메인 거리를 거닐고 있는 다정한 연인들과 다른 공연을 보기 위해 줄을 서 있는 수많은 사람들이 나와는 대비되게 너무 행복해 보였다. 문득 이번 일에 대한 책임으로 잘릴지도 모른다는 생각이 들었다. 나도 모르게 눈물이 났다. 달리면서 낙산공원에서 전화를 받았을 때부터 공연을 하게 된 순간까지의 일들이 머릿속을 스쳐 지나갔다. 차라리 아르바이트나 계속할 걸 하는 생각도 들었다.

중간쯤 갔을 무렵, 정면에서 나와 같은 고등학교를 졸업한 배우 친구가 웃으면서 손을 흔들며 내게로 다가오고 있었다. 졸업 후에 대학로에서 공연을 하고 있다고 풍문으로만 들었던 친구라 그동안 나도 만나 보고 싶었지만 지금은 그럴 겨를이 없었다.

"야, 꺼져! 꺼져!!!"

꺼지라는 말에 친구가 놀란 토끼 눈이 되어 나를 바라보았다.

그 친구도 나처럼 막내 포지션에서 고생하고 있을 시기라는 걸 알지만 내 상황이 너무 급박했다. 친구를 지나쳐서 다시 은행에 도착했다. 계좌번호가 적힌 종이는 그대로 있었지만 엎친 데 덮친 격으로 4개의 ATM 모두 사람들이 사용 중이었다. 3분 정도 후에야 자리가 났고, 나는 이번엔 정확히 300을 누르고 만 원 버튼을 누른 후에 입금을 했다.

다시 극장으로 돌아왔을 땐 공연이 시작되고 10분쯤 지나서였다. 무대에선 그가 오프닝 멘트를 하고 있었다. 평소 같으면

30초면 끝날 오프닝 멘트였지만 그는 단독 콘서트처럼 개인기를 뽐내며 내가 도착할 때까지 시간을 끌고 있었다.

그런데 그의 개그를 보며 관객들은 즐거워했고 다른 날보다 객석의 분위기는 훨씬 고조되어 있었다. 그를 바라보며 내가 어릴 적부터 이 사람의 팬이 된 이유를 다시 한 번 깨달았다. 그 어떤 아이돌보다 이 사람이 내겐 슈퍼스타였다. 나는 하수(무대에서 객석을 바라보고 오른쪽)에서 손짓 발짓을 하며 내가 왔음을 알렸고 그는 관객들의 갈채 박수를 받으며 퇴장했다. 퇴장하면서 그는 내게 수고했다는 말을 속삭이며 어깨를 두들겨 주었다.

관객들의 분위기가 좋아서였을까. 그들의 힘을 받은 나의 도끼 춤은 그날따라 동작이 부드러웠고 유난히도 빛나는 내 도끼는 풍선을 단번에 터뜨리며 합판 가운데에 꽂혔다.

공연이 끝나자 친구 생각이 났다. 나는 아까의 일에 대한 자초지종을 설명하고 미안하다는 연락을 하기 위해 글을 몇 번이나 썼다 지우기를 반복했다. 그때,

'고생이 많다.'

친구에게서 문자가 왔다. 그도 공연을 끝내고 내게 문자를 보낸 것이다. 나도 모르게 눈물이 핑 돌았다.

극장을 나온 후 지하철에서 버스로 갈아타고 집 앞에 내릴 때에야 겨우 답장을 할 수 있었다.

'성공하자, 친구야.'

나는 진심을 담아

내가 배우로서 살아온 이야기를 들려주었다.

내 이야기가 끝나자 그녀가 고생이 많다고 했다.

그러면서 무엇 때문에 그렇게 고생을 하면서

사느냐고 물었다.

"꿈이 있으니까요."

part 2

블랙리스트

*

도끼맨

개그맨 선배들과의 공연에서 내가 맡은 배역은 도끼맨이었다. 대사 한마디 없이 도끼를 휘두르는 배역은 그때까지 대학로에서는 유일무이했다. 그마저도 지금은 사라져 버린 배역이지만 내게는 추억이 서려 있는 소중한 캐릭터이다.

도끼맨은 오프닝 멘트가 끝나고 2분가량 음악에 맞춰 춤을 추다가 음악이 끝나는 순간 합판에 걸려 있는 풍선을 향해 도끼를 던져서 풍선을 터뜨리는 역할이었다. 풍선을 터뜨리고 합판에 도끼가 꽂힌 후에 멋있게 암전이 되면 그날 공연은 도끼맨으로서 절반은 성공한 공연이라고 할 수 있었다. 중간에 랩도 하고 엔딩곡도 불러야 하지만 대사 한마디 없는 도끼맨은 이름 그대로 도끼를 제대로 꽂는 게 그만큼 중요했다.

그런데 그게 말처럼 간단하지 않았다. 적당한 속도로 던지는 기술을 필요로 할 뿐만이 아니라 한번 꽂히면 나무들이 갈라지게 되어서 다시 근처에 꽂기란 여간 어려운 일이 아니었다. 회사에서는 합판을 두 달에 한 번 꼴로 갈아 주는 식이어서 공연을 거듭할수록 도끼 꽂기는 실패할 확률이 높았다.

차라리 풍선 터뜨리기도 실패하고 도끼를 꽂지 못할 경우는 머리를 쥐어 잡고 '오우 쉣!'이라고 외치면 그래도 관객들이 웃었다. 그러나 풍선만 터뜨리고 도끼를 꽂지 않으면 분위기가 오히려 애매해졌다. 그래서 내가 도끼맨으로서 꼭 합판에 붙어 있는 풍선을 터뜨리면서 도끼를 꽂아야만 공연을 임팩트 있게 시작할 수 있었다.

처음에는 무조건 힘으로만 던지다 보니 풍선만 터뜨리고 도끼가 합판에서 튕겨져 나가는 경우가 잦았다. 그러다 보니 앞에서 말한 대로 항상 애매한 분위기에서 공연을 시작하게 되었다. 그 바람에 공연의 시작을 망쳤다며 선배들에게 혼나는 날이 많아졌다.

연기 때문이 아니라 도끼를 잘 꽂지 못해서 혼이 난다는 것은 배우를 꿈꾸는 나에게는 상당히 억울한 일이었다. 그래서 매일 공연 3시간 전에 와서 홀로 연습을 했다. 수백 번 던져도 확률이 30프로를 넘지 못했다. 연습을 하느라 도끼가 많이 부러져서 도끼 값이 감당이 안 된다며 스태프들이 말리는 지경에 까지 이르렀다. 그럼에도 공연마다 번번이 실패를 해서 공연이 끝나고 선배들에게 혼나는 날들이 반복됐다.

너무 답답한 나머지 어느 날 나와 같은 배역인 선배에게 자문을 구했다. 그는 자기 공연에 찾아온 나를 기특하다며 가지고 있는 특별한 비법을 나에게만 알려 주겠다고 했다. 그리고 동작을 크게 하면서 던질 때 손목에 힘을 주면 더 잘 꽂힐 거라며 시범을 보여 주었다. 정말 도끼를 던질 때마다 묵직한 소리를 내며 합판 정중앙에 꽂히는 것이었다. 나는 그의 호의에 감사를 표했다. 그날 밤, 선배가 보여 준 장면을 떠올리며 이미지 트레이닝을 하면서 잠이 들었다.

공연 당일, 오프닝 멘트가 끝나고 나는 다른 날보다 한층 비장한 마음으로 등장했다. 음악이 흐르고 박자에 맞추어 도끼를 들고 춤을 추면서 생각했다.

'동작을 크게, 손목에 힘을 주어서.'

절정에 도달한 음악이 끝나면서 내 뒤에서 춤을 추는 사람들이 퇴장했다. 무대의 양쪽 끝에는 두 개의 조명이 비치고 있었다. 한쪽은 풍선이 달린 합판이 있었고 한쪽은 도끼맨이 던져야 하는 위치를 알려 주고 있었다. 나는 어둠 속에서 도끼맨의 자리로 옮기고 호흡을 가다듬었다. 그리고 선배가 가르쳐 준 대로 동작을 크게 하고 손목에 힘을 주어 도끼를 던졌다. 던지는 느낌이 다른 날과 달리 너무 좋았다. 도끼는 합판 가운데에 있는 풍선을 향해 회전을 하며 날아갔다. 나는 성공을 확신하며 풍선을 바라보았다. 어김없이 풍선은 시원한 소리를 내면서 터지고 곧 도끼가 꽂힐 순간이었다.

똑!

그러나 기대와는 달리 도끼는 아주 귀여운 소리를 내면서 손잡이가 부러져서 객석으로 날아갔다. 합판 아래에는 손잡이를 잃은 도끼의 쇠뭉치가 다소곳이 놓여 있었다. 잠시 멍했던 나는 관객들의 웃음소리에 정신을 차리고 객석 안으로 들어가 손잡이를 받은 후 무대로 돌아와 머리를 잡고 '오우 쉣!'을 외쳤다.

암전이 되고 관객들은 웃으면서 박수를 쳤지만 배우 대기실로 향하는 나의 마음과 발걸음은 무거웠다. 선배들이 오늘도 도끼를 못 꽂았다고 화를 내진 않을까 눈치가 보였다. 주눅이 잔뜩 든 나는 대기실 구석에서 다음 신에서 나오는 랩을 조용히 연습했다.

"저번 도끼맨이 도끼를 너무 못 꽂아서 네가 들어온 거야."

선배 중 한 명이 저번 도끼맨이 도끼를 못 꽂아서 잘렸기 때문에 내가 오디션을 통해서 들어왔다는 이야기를 했다.

"죄송합니다."

그 말밖에는 할 말이 없었지만 마음은 혼란스러웠다. 랩을 하는 장면에서도 입은 랩을 하는데 머릿속에는 여러 가지 잡념들이 가득 차 있었다. 대사 한마디 없어서 연기가 느는 것 같지 도 않고 5개월 동안 도끼를 못 꽂으며 혼나기만 했는데 이런 생활을 계속하다가 잘린다면 너무 억울할 것 같았다. 차라리 잘리기 전에 내가 먼저 그만두어야겠다는 생각이 들었다. 공연이 끝나면 대표님에게 그만두고 싶다고 말해야지 마음먹었다.

마침 공연이 끝나고 대표님이 공연장에 오셔서 모든 배우들과 스태프들을 불러 회의를 했다. 이런저런 아이디어 회의를 하던 중 막내 도끼맨이 도끼를 잘 못 꽂는다는 이야기가 나왔다. 남의 역할을 쉽게 말하는 선배들이 야속했지만 내 편을 들어 줄 다른 도끼맨 선배는 공교롭게도 스케줄 때문에 회의에 참석하지 못한 상태였다. 나는 더욱더 그만두고 싶은 마음이 강해졌고 회의가 끝나는 대로 꼭 대표님에게 말씀드려야겠다고 결심을 굳혔다.

선배들은 왜 그 쉬운 것을 못 꽂느냐며 저마다 무대로 나와서 도끼를 합판에 던졌다. 그런데 단 한 명도 도끼를 꽂는 이가 없었다.

"막내 나와서 도끼 던져 봐."

대표님의 말에 갑자기 극장 분위기는 조용해졌고 눈치 빠른 오퍼는 오프닝곡의 끝 소절을 잽싸게 틀었다. 도끼를 들고 마지막 부분의 춤을 추면서 이제 곧 그만두니 긴장하지 말고 마음 편하게 먹고 던져야지, 생각했다. 음악이 끝나면서 나는 위치를 잡고 도끼를 던졌다. 도끼는 멋지게 합판 정중앙에 꽂혔다. 선배들은 웬일이냐며 수군거렸지만 나는 태연한 척 도끼를 뽑아 들고 대표를 향해 물었다.

"다시 해 볼까요?"

대표는 이번에는 음악을 틀지 말고 다시 던져 보라고 했다. 나는 위치로 가서 도끼를 던졌다. 경쾌한 소리를 내며 도끼는 보란 듯이 합판에 꽂혔다. 그렇게 대여섯 번 진행되는 동안 나는 한 번의 실패도 없이 대표님 앞에서 도끼를 꽂는 데 성공했다.

"잘하네! 회의 끝! 해산!"

대표님은 그 말과 함께 곧바로 극장을 나갔고 선배들은 대표님 앞에서만 잘 꽂는다고 나를 놀렸다. 선배들은 다시 무대로 나와 저마다 도끼를 던졌지만 여전히 성공하는 이는 없었다. 한 선배가 내게 어떻게 갑자기 잘 꽂게 됐냐며 물었지만 사실 나도 그렇게 잘 꽂을 줄은 몰랐다. 바로 조금 전까지만 해도 그만두려고 마음을 먹었었는데 갑자기 잘하게 됐다는 게 나 스스로도 놀라울 뿐이었다. 지금 생각해 보면 그만두기로 마음을 먹어서 부담감 없이 힘을 빼고 던졌던 것이 가장 큰 요인이 아니었을까 싶다. 무대 위에서 긴장을 푸는 것은 참 중요한 것 같다.

신이 나서 대기실 정리를 한 후 극장을 나서는데 입구에 대표님이 계셨다. 깍듯하게 인사를 하고 가려는 나를 그가 불렀다. 이곳에서 개그맨도 아닌 내가 막내로 생활하는 게 쉽지 않다는 것을 알고 있다며 고맙다는 말을 했다. 그리고 대사 한마디 없지만 묵묵히 5개월 동안 열심히 해 줘서 고생했다면서 다음 달부터는 도끼맨과 토미 역을 함께하라고 했다.

어안이 벙벙했다. 주인공은 아니지만 주인공의 동생 역할이고 대사도 꽤 많아서 연기를 몹시 하고 싶었던 나에게는 너무나 감사한 일이었다. 대표님의 뒷모습을 향해 인사를 하고 신이 나서 집으로 돌아갔다. 그 이야기를 부모님께 들려드리니 부모님께서도 나만큼 기뻐하셨다.

목욕을 마치고 침대에 누워 생각했다.

'그만둔다고 했으면 여기에서 끝났겠네. 버티다 보면 기회도 오는구나.'

내일도 잡초처럼 버텨야지, 다짐을 하면서 잠이 들었다.

도끼

스물다섯 번째 생일

배우의 삶에서 매력적인 부분 하나를 들자면 다양한 배역을 통해 여러 인생을 살 수 있다는 게 아닐까. 운 좋게 도끼맨 배역과 토미 역까지 더해 두 개의 역할을 연기하면서 점점 그 매력에 빠져들고 있었다. 그 즐거움과 더불어 훌륭한 시설의 극장과 많은 관객들, 그리고 동경하는 사람들과 연기를 하는 것은 학창 시절에 상상했던 행복 그 이상이었다. 금전적으로 풍요롭지는 않았지만 관객들의 뜨거운 박수 덕분에 항상 벅차오르는 마음으로 공연에 임했다.

'저 많은 사람들 중에 오늘 내 공연을 보러 오는 사람도 있겠지?'

혜화역에서 쏟아져 나오는 수많은 사람들을 보면서 나는 뿌듯함을 느끼면서도 관객들을 위해 후회 없는 공연을 해야겠다고 늘 다짐했다. 그날은 더욱더 그런 생각을 했다.

내 생일 하루 전날인 10월 29일. 벅찬 마음을 한층 더 설레게 만들어 주는 청명한 가을날이었다. 엘리베이터를 타고 극장으로 올라가자 스태프들이 생일을 축하한다는 말을 건넸다. 다음 날이 생일이지만 자기들은 내일 출근이 아니라며 미리 축하해 주었다.

수줍고 어색한 인사로 감사함을 표하고 대기실로 들어갔다. 콜 타임보다 이른 시각이었지만 몇몇 선배들이 아이디어 회의를 하고 있었다. 선배들도 생일을 축하한다며 조각 케이크를 선물로 주었다. 감사하게 잘 먹겠다는 인사를 하고 케이크를 대기실 한쪽에 놓아두었다. 스무 살 이후로는 생일에 대해서 큰 감흥이 없었지만 그럼에도 생일이 주는 알 수 없는 기쁨은 숨기기가 어려웠다. 스태프들은 생일날엔 쉬라고 말렸지만 특별한 날에 특별한 손님을 맞이하는 호텔 벨보이처럼 다른 날보다 더 열심히 관객 맞을 준비를 했다.

청소를 끝마치고 합판에 풍선을 달고 있는데 대표님이 오셨다.

"내일도 도끼맨이니까 도끼 잘 꽂아라."

그리고 생일을 축하한다는 말과 함께 고급 아이스 아메리카노 두 잔을 무대 위에 내려놓고 극장을 나가셨다. 왜 두 잔인지 이해는 안 갔지만 일단 도끼를 던지는 연습을 하면서 한 잔은 마시기로 했다.

그동안 주로 토미라는 역으로 공연을 해서 도끼맨은 꽤 오랜만이었다. 그러나 연기는 자신감이 8할이라고 했던가. 도끼맨을 하면서 자신감이 붙자 토미 역을 맡아서도 신나게 춤추고 연기를 해 왔다. 그래서 풍선을 터뜨리고 도끼를 꽂는 일은 오랜만이어도 그리 어려운 일은 아니었다. 만족스러운 연습을 마치고 남은 아메리카노 한 잔은 케이크 옆에 놓았다.

객석을 꽉 채운 관객들이 다른 날보다 더 뜨거운 호응을 해 주었다. 덕분에 관객과 배우들은 하나가 되어 즐거운 공연을 만들어 나갔다. 나 역시 관객들의 반응에 힘입어 모든 것을 쏟아부으며 공연을 했다. 마지막 엔딩곡을 부를 땐 신이 나서 다른 날과 달리 관객들을 일으켜 세우고 점프를 유도하면서 흥겨운 분위기를 북돋우었다. 공연이 끝나자 선배들은 이제야 나도 무대에서 놀 줄 알게 되었다며 칭찬을 해 주었다.

그런데 근육질의 한 선배가 그 모습이 마음에 들지 않았던지 내게 누구의 허락을 받고 그런 짓을 했냐며 화를 냈다. 갑자기 분위기가 싸해졌고 그는 나에게 대기실로 올라가 있으라고 소리쳤다. 성격이 조금 괴팍해서 평소에도 가까이 다가가기가 어려웠던 그였다.

공연의 흥분을 다 추스르지도 못한 채 대기실에 올라갔다.

그런데 대기실에는 손님이 와 있었다. 잘 웃기기로 소문난 개그맨이었다. 그는 표정이 굳어 있는 막내인 나를 가만히 두지 않고 통성명을 하더니 대뜸 개인기를 보여 주었다. 나도 모르게 웃음이 나왔다. 대기실에 있던 사람들과 같이 웃고 있는데 어느새 그 선배가 올라와 있었다.

그와 눈이 마주치면서 나는 웃음을 멈췄지만 날아온 주먹을 피하기엔 이미 늦은 상태였다. 선배의 욕설이 들리면서 갑자기 내 눈앞으로 별이 번쩍였다. 주먹이 날아올 때마다 나는 신음하면서 별을 보았다. 살면서 처음 보는 별, 이럴 때 진짜 별이 보이는구나 하는 생각이 들다가도 내가 이걸 왜 봐야 하나 싶었다.

'젊었을 때는 하고 싶은 거 해야지.'

그 정신없는 와중에 문득 교수님이 떠올랐다. 전과 서류에 사인을 받고 기뻐하던 나.

'막내 때는 다들 이렇게 사는 건가.'

학교에서 들었던 슈퍼스타들의 성공담. 동트는 새벽에 옥상에서 꿈을 공유했던 동기들과 연락이 뜸해진 호스트 친구. 잘생겨서 떡볶이를 더 주신다는 단골집 이모. 배우인 내가 자랑스럽다던 고등학교 동창들. 가족끼리 케이크 먹어야 하니까 일찍 집에 들어오라던 부모님의 얼굴이 스쳐 지나갔다.

두 뺨이 감각을 잃은 지 얼마 되지 않아 입술에서도 뭔가가 흘러내리는 것 같았다. 말리는 사람들을 밀쳐 내고 날아드는 그의 주먹과 발이 내 몸 구석구석을 파고들었다. 너무 아팠다. 순간적으로 살기 위해서 반격을 할까 생각했다. 그러나 여기서 반격을 한다면 배우를 그만둘 각오를 해야 했다. 배우를 그만둘 수는 없었다.

얼마나 지났을까. 근처에서 아이디어 회의를 하고 있던 선임 선배들이 대기실로 들어와 그를 멈추게 했다. 선임 선배들 뒤에는 스태프들이 있었다. 아마 그녀들이 데리고 온 것 같았다. 정신을 차려 보니 내 엉덩이 밑엔 선물로 받은 케이크가 짓눌려 있었다. 모두가 걱정과 안쓰러움, 연민과 동정이 뒤섞인 표정으로 나를 바라보고 있었다.

선배들이 내게 의상을 갈아입고 퇴근을 하라고 했다. 다른 출연진이 고맙게도 내 몫까지 청소를 해 주었다. 축축하게 젖은 의상에서 풍겨 나오는 아메리카노 냄새는 나를 더욱 참담하게 했다. 고요함 속에 옷을 갈아입는 그 순간부터 극장 앞을 나가는 순간까지 아무도 내게 말을 걸지 못했다.

극장을 나오자 선임 선배 세 명이 입구에 서 있었다. 특히 나를 아끼는 선배가 나를 꼭 껴안고 생일 축하한다며 용돈을 주려고 했다. 나는 고여 있는 눈물을 애써 참으며 괜찮다고 했다.

"내일 뵙겠습니다."

인사를 한 후 그들을 등지고 반대 방향으로 걸었다. 측은해

하는 그들의 시선이 등 뒤에서 느껴졌다. 그러나 뒤돌아보면 엉엉 울게 될 것 같아서 무작정 극장에서 먼 곳으로 걸었다.

배가 고팠다. 편의점에 들어가 삼각김밥을 고르고 계산하는데 아르바이트생이 잔액 부족이라고 했다. 부끄럽기보단 헛웃음이 나왔다. 그래도 운 좋게도 주머니에 천 원짜리 지폐가 한 장 있었다.

편의점을 나오자 좀 울고 싶다는 생각이 들었다. 마로니에 공원이 떠올라 찾아갔지만 사람들이 엄청 많았다. 다행히도 마로니에 공원을 살짝 벗어나자 벤치가 있는 어두운 장소가 나타났다. 앉자마자 닭똥 같은 눈물이 흘러나왔다. 그제야 온 전신이 아프면서 뺨이 쓰리고 터진 입술이 아려 왔다. 그 와중에 배가 고파서 삼각김밥을 한입 베어 먹었다. 너무 맛있었다. 울면서 먹기 때문에 행여나 사레에 들릴까 평소보다 천천히 꼭꼭 씹어 먹었다.

내가 무엇을 잘못하였을까. 관객을 일으켜 세우고 마음대로 무대를 휘저었던 것이 후배로서 주제넘은 짓을 한 걸까. 아니면 너무 빨리 좋은 무대에 서게 되어서 기고만장해진 건지도. 연극은 약속이다, 라는 규칙을 어긴 건지도 모른다는 생각도 들었다.

그 선배에게 죄송하다는 문자를 보냈다. 앞으로 이런 일없게 하겠다는 말과 함께. 그는 요즘 내가 해이해진 것 같아 정신 차리기를 바라는 마음이었으니 너무 상처받지 말라면서 내일 보자는 답을 보내왔다.

'평온한 밤 보내세요.'

마지막 문자를 보내고 나니 모든 것이 허탈해졌다.

삼각김밥을 반 정도 먹었을까. 앞에 나와 나이가 비슷한 솔로 가수의 콘서트 홍보 차량이 홍보를 끝내고 주차되어 있는 게 눈에 들어왔다.

씹던 것을 멈췄다. 목구멍에서부터 뜨거운 게 솟구치면서 정수리 끝까지 올라왔다. 호흡을 다듬고 곰곰이 생각했다. 내가 저 사람보다 나은 게 뭘까. 아무것도 없었다. 외모, 키, 노래 실력, 인지도, 뭐 하나를 비교해 봐도 나은 점이 없었다. 나는 내가 너무 초라하게 느껴졌다.

시계를 보니 11시였다. 혜화역으로 가서 교통카드를 찍었더니 잔액 부족이라는 소리가 들렸다. 이놈의 잔액 부족은 왜 이렇게 겹쳐서 나를 괴롭히는지 한탄을 하면서도 근처의 지인에게 돈을 빌리거나 도움을 받고 싶지 않았다. 혜화역 화장실 거울 속에 비친 내 모습은 정말 누구에게도 보이고 싶지 않았으니까.

음악을 틀고 이어폰을 귀에 꽂았다. 여러 가지 생각을 하면서 왕십리까지 걸어갔다. 11시 30분쯤 되자 어머니한테서 어디냐는 문자가 왔다. 조금 늦을 거 같다고 답장을 하면서도 너무 죄송했다. 이러려고 배우 한 게 아닌데.

빨리 오라는 어머니의 문자에 발걸음을 재촉했다. 온몸이 아파서 걷는 게 힘들었다. 서러워서 배우를 그만둘까, 하는 생각도 들었다.

아파트에 도착해 엘리베이터를 타고 집으로 올라가면서 거울을 보았다. 입술이 터진 게 걱정이었다. 집에 들어가자마자 어머니가 터진 상처를 보며 물었다. 공연을 하다 부딪쳐서 다쳤다고 핑계를 댔지만 내 표정과 기운 없는 모습에 안 믿으시는 눈치였다.

자정이 지나고 내 생일이 되었다. 가족들이 준비해 준 케이크의 촛불을 끄면서 조금씩 마음의 안정을 찾았다. 케이크를 먹는데 어머니가 지금 공연을 하고 있는 극장 이름을 물었다. 내가 대답하자 어머니는 놀라며 그 극장이 내가 어릴 적 자주 갔던 극장이라고 하셨다.

순간 초등학교 저학년 때 그 극장의 어린이 정기회원으로 분기마다 아동극을 보았던 기억이 났다. 어린 시절 그곳에서 공연을 보던 내가 성장하여 같은 극장에서 공연을 하고 있었던 것이다. 인생에 숨겨진 최상의 목적, 그 목적이 실현될 수 있도록 만물을 제공한다는 스피노자의 말이 떠오르며 운명을 느꼈다. 식구들은 신기하다며 지금 하고 있는 작품과 인연이 있다는 이야기를 했다.

내 방으로 들어와 침대에 누워 잠을 청했다. 내일 그 선배와 또 공연을 해야 한다는 것이 싫었다. 다른 도끼맨 선배에게서 내일 대신 공연을 해 줄 테니 쉬라는 연락이 왔지만 할 수 있다고 답장했다. 그 무엇이 와도 피하고 싶지 않았다.

아침에 눈을 뜨니 문자가 와 있었다.

'귀하는….'

입영 연기 불가 통지 문자였다.

연극 〈택시 안에서〉 (2019)

울지 마

시간이 흘러 군 입대 날짜는 다가오고 나의 마지막 공연도 끝나게 되었다. 지난 1년간의 시간들이 내겐 돈 주고도 못 살 만큼 소중하고 값진 경험이었다. 공연팀이 나의 군 입대 쫑파티를 마련해 주었다. 놀랍게도 그 자리에 대한민국에서 가장 유명한 콤비 개그맨 선배님 중 한 분이 오셔서 그동안 수고했다는 말과 함께 나의 꿈이 무엇이냐고 물었다.

"훌륭한 뮤지컬 배우입니다."

그는 내 눈빛이 살아 있다고 했다. 그리고 그 눈빛을 잃지 말라며 포기하지 않는다면 장차 훌륭한 배우가 될 거라고 말했다. 같이 공연했던 선배들과 스태프들도 내가 신성한 국방의 의무를 무사히 마치길 기원해 주었다.

사랑하는 사람들을 뒤로한 채 나는 26살의 늦은 나이에 군 복무를 시작하게 되었다. 군 복무 중에도 나와 함께 공연했던 사람들의 소식을 알 수 있었다. 국영 방송에서 하는 개그 프로그램과 종편 방송국에서 하는 개그 프로그램에서 그들이 맹활약하고 있었기 때문이었다. 개그 방송을 보면서 즐거워하는 전우들을 보며 내심 그들과 함께 공연했던 시간들이 자랑스러웠고 뿌듯했다. 반갑고 흐뭇한 마음으로 방송을 보고 침상에 누워 잠이 들 때마다 나는 제대 후의 미래를 그리며 꿈을 키워 나갔다.

나 없이는 안 될 것 같던 세상은 너무나도 잘 돌아갔다. 더디게만 느껴졌던 국방부의 시계도 쉬지 않고 흘러 어느덧 2년이 지났다. 군 복무를 마친 나는 다시 오디션을 보러 다녔다. 오디션을 볼 때마다 제대한 지 얼마 되지 않았느냐는 말을 들었다. 병장 때 열심히 관리를 했지만 짧은 머리와 그을린 피부는 어쩔 수 없었다. 그럼에도 운 좋게 오디션에 합격하여 새로운 작품에 들어가게 되었다.

혜화역에서 제법 떨어진 곳에 위치한 극장이었다. 제대 후 첫 작품이기에 기대 반 우려 반 속에서 열심히 연습에 참여하였다. 같은 작품에 출연할 동료들은 나보다 어린 친구들이었음에도 군인 티를 벗지 못한 나를 잘 챙겨 주었다. 저마다 개성이 강했지만 밝은 성격의 소유자들이어서 쉽게 친해질 수 있었다.

연출은 배우 출신 작가로 배우 경력보다 작가와 연출의 경력이 긴 사람이었다. 그는 우리에게 배우는 연기를 잘해야 한다는 것을 항상 강조했다. 본인은 연기를 못해서 작가와 연출로 빠진 거라는 말과 함께.

작품의 내용은 방송국에서 일어나는 이야기로, 남자 PD와 인기 여자 아나운서의 사랑 이야기가 주된 스토리였다. 나는 운이 좋게 남자 PD 역을 맡게 되었다. 불의를 보면 참지 못하고 국장과도 한판을 불사하는 스타일의 PD였는데 28세의 나에게는 조금 버거운 역할이었다.

다른 후배 배우들에게도 마찬가지였다. 주인공의 과거의 연인이자 스폰을 잡아 성공한 인기 여자 아나운서, 그녀로 인해 밀려난 여자 아나운서, 권력 휘두르기를 즐기는 방송국 국장, 기회주의자 선배 PD, 고아 출신 편의점 여자 아르바이트생과 그녀의 친모 등등 20대 중반의 나이로 감당하기 어려운 배역들이었다. 그래서 연습을 하는 동안 연기가 마음에 안 든다며 연출에게 많이 혼나곤 했다. 그럼에도 배우들은 서로 힘을 합쳐서 열심히 연습했다.

그러던 어느 하루. 연출이 배우들의 연기가 너무 답답하다며 같이 술 한잔하자고 제안했다. 연습이 끝나고 우리는 근처에 있는 작은 치킨집으로 모였다. 파란색 플라스틱으로 된 테이블 두 개를 붙여서 열 명이 넘는 사람들이 둘러앉았다. 치킨과 맥주를 마시며 배우들은 그간 서로에게 하지 못했던 이야기들을 주고받았다.

시간이 흐르면서 연출은 자신과도 허심탄회하게 이야기를 나누자고 했다. 그러면서 자신이 이 작품을 쓰게 된 동기부터 유명 공모전에서 최종 후보에까지 올랐다가 안타깝게 떨어진 비운의 작품이라는 사실까지 털어놓았다.

우리가 괜찮은 반응을 보이자 그는 평소와 달리 여러 이야기를 하기 시작했다. 함께 극단에서 연기를 시작한 유명한 배우 이야기부터 자신의 와이프가 배우이며 아들이 사립초등학교를 다니고 있다는 이야기 등등. 그러나 내용이 점점 지루해지면서 배우들이 시계를 보는 빈도수가 잦아졌다. 나는 분위기 전환을 위해 연출에게 연기를 잘하는 방법에 대해서 물었다. 그러자 그는 기다렸다는 듯이 자신이 가지고 있는 연기 철학을 신나게 늘어놓았다.

"요구하시는 연기가 너무 옛날 스타일이에요. 요즘 누가 그렇게 연기해요? 영화 안 보세요?"

연출이 일장 연설을 하고 있는데, 옆에 앉은 남자 후배 한 명이 취한 목소리로 말했다. 그러고는 고개를 절레절레 흔들더니 테이블에 엎드려 잠이 들었다. TV에서 흘러나오는 축구

중계 소리가 명확하게 들릴 만큼 치킨집 안이 고요해졌다. 그 짧은 순간에 우리는 서로의 눈치를 살폈다. 그리고 나는 어떻게든 해 보라는 후배들의 눈빛을 읽었다.

나는 웃으며 옆에 있는 친구가 집안일 때문에 스트레스를 많이 받은 것 같다고 연출에게 말했다. 내 말에 이어 후배들마다 분위기를 바꾸기 위해 한마디씩 보탰다. 다행히 연출도 엎드려 자는 친구를 보며 술이 약한 것 같다는 말을 할 뿐 화를 내지는 않았다. 잠시 후 회식 자리가 마무리되었다. 연출이 계산할 듯이 말을 했던 것 같은데 결국은 N분의 일로 각자 계산을 하였다.

취해서 실언을 한 후배와 비슷한 방향이어서 이런저런 이야기를 하면서 집으로 향했다. 그는 아르바이트를 하면서 연습에 참여하는 게 너무 힘들다고 했다. 그리고 더 큰 걱정은 부모님이 배우 일을 반대하는 것이라며 울기 시작했다. 그에게 울지 말고 힘내자고 했다. 나이만 두 살 위일 뿐 갓 제대한 내가 그에게 할 수 있는 말은 그것밖에는 없었다. 연습을 할 때는 밝은 모습이어서 그런 고민을 가지고 있는지 몰랐다. 아침 열 시부터 밤 열 시까지 가족보다도 오랜 시간을 함께 보내고 있으면서도 우리는 의외로 서로를 모른다는 생각이 들었다. 한편으로 이 친구가 가지고 있는 고민에서 자유로울 수 있는 배우가 얼마나 될까 싶기도 했다.

그로부터 한 달가량 지나는 동안 배우들도 연출과 좀 더 가까워지고 그가 원하는 연기가 무엇인지도 대략 파악하게 되었다. 다들 무대 위에 설 수 있다는 희망을 가지고 열정적으로 연습에 임했다.

그런데 공연을 며칠 앞둔 어느 날, 연출이 갑자기 할 말이 있다며 배우들을 불러 모았다.

"안타깝지만 우리 공연은 취소하기로 했다."

우리는 귀를 의심했다. 공연이 취소되다니. 그래서 그에게 이유를 물었다. 연출은 담담한 표정으로 우리 작품에 대한 투자가 취소되었다는 것이었다. 그리고 현재 우리가 연습하던 연출 소유의 극장은 다른 사람에게 대관할 것이라고 했다. 그러나 그동안 해 오던 아르바이트도 중단한 채 연습비 한 푼 받지 못하고 열정을 쏟아부은 우리로서는 납득하기 힘든 상황이었다. 연출은 어쩔 수 없다며 미안하다는 말을 던지고는 극장을 나갔다.

절망감에 빠진 우리는 한동안 아무 말도 할 수 없었다. 나도 가장 연장자로서 무엇을 해야 할지 판단이 서지 않았다. 한 달 반이라는 시간이 이렇게 허망하게 끝난다는 것을 받아들일 수가 없었다. 고심 끝에 연출을 설득하러 가야겠다는 생각을 했다. 이대로 끝낼 순 없었다.

수소문을 해서 연출이 살고 있는 곳이 청량리역 근처에 있는 아파트라는 것을 알아냈다. 그리고 실의에 빠져 있는 후배 배우들에게 모두 다 같이 찾아가서 연출을 설득해 보자고 제안했다. 내 말에 동의하는 분위기였지만 두 명의 배우는 해 봤자 안 될 것이라며 그만두겠다고 했다. 붙잡고 싶었지만 어쩌면 그들의 선택이 맞을 수도 있었기 때문에 그러지도 못했다.

다 함께 혜화역까지 걸어갔다. 그리고 두 후배 배우에게 마지막 인사를 했다. 한 달 반을 함께 보낸 그들을 그렇게 보내는 것이 슬펐지만 나에겐 나머지 배우들도 중요했다. 그들을 위해서 내가 할 수 있는 모든 걸 하고 싶었다. 나를 위해서도.

연출이 살고 있는 아파트에 도착하니 11시가 넘은 시각이었다. 나는 연출에게 집 앞에 있는 놀이터에 배우들이 와 있으니 잠시 나와 달라고 문자를 보냈다. 벤치에 앉은 배우들은 이따금 부모님들에게 몇 시에 들어가는지 연락을 하는 것 외에는 모두 조용히 연출이 오기를 기다리고 있었다. 20분 정도 지나서야 연출이 놀이터에 나타났다.

우리는 필사적으로 그를 설득했다. 모두들 그동안 쏟아부은 시간과 열정이 허무하게 소멸되는 게 싫었다. 돈을 받지 않아도 좋다고 했다. 그러나 연출은 아무리 우리가 집 앞까지 찾아와서 얘기해도 정해진 사실은 변하지 않는다고 했다.

“극장은 연출님 거잖아요. 제발 부탁드립니다.”

나는 격앙된 어조로 그에게 말했지만 소용없었다. 연출은 극장을 소유하고 있으면서도 나머지 투자비용은 직접 대지 않겠다는 것이었다. 결국 그는 우리의 간절한 애원을 뿌리치고 매정하게 돌아섰다. 이것도 경험이라는 말과 함께.

연출이 사라진 후에도 나는 그에게 생각을 바꿀 때까지 계속 기다리겠다는 문자를 보냈다. 내 앞에서 서럽게 울고 있는 몇 명의 여자 배우들과 화를 내며 연출 욕을 하고 있는 남자 배우들. 분노와 절망에 휩싸인 이들을 위해 무엇을 할 수 있을까.

한동안 말없이 그들을 바라보았다. 졸업을 하고 처음 대학로 무대에 서게 됐다며 즐거워하던 친구, 피아노가 전공이지만 연기를 하고 싶었다는 친구, 경력이 아동극밖에 없어서 성인 무대에 서 보고 싶다던 친구, 핸드폰을 팔다가 배우를 꿈꾸게 된 친구…. 각자 꿈을 가지고 모였던 그들이 내 앞에서 절망하고 있었다.

나보다 어린 그 친구들에게 내가 해 줄 수 있는 게 아무것도 없었다. 경력 두세 줄의 배우인 자신의 무력감만 절감하게 될 뿐이었다.

무슨 말을 할까 고민하다 겨우 입을 열어 울고 있는 여자 배우들에게 울지 말라고 했다. 그리고 우리가 열심히 경력을 쌓아서 더 훌륭한 배우가 되면 이런 일을 겪지 않아도 될 거라고 위로했다. 그러니까 포기하지 말고 오늘을 잊지 말자고.

울고 있는 후배들 중 한 명이 내게 물었다.

"도대체 경력은 어떻게 쌓는 거예요? 뽑아 주지를 않는데 어떻게 경력을 쌓아요?"

아무 대답을 할 수가 없었다. 나조차 당장 내일부터는 오디션 원서를 넣고 서류 합격 여부부터 걱정해야 하는 신세가 되었으니까.

우리가 시끄러웠는지 경비 아저씨가 나타나 놀이터에서 나가라고 했다. 나는 간곡하게 10분만 있다가 떠나겠다고 양해를 구했다. 그러자 그는 그 후에도 계속 있으면 경찰에 신고하겠다며 돌아갔다.

나는 그들을 달래서 놀이터를 빠져나왔다. 결국 우리는 아무런 소득 없이 아파트를 나섰다. 여자 후배들은 부모님이 찾아와 차를 타고 귀가했다. 남은 사람들은 백화점 앞에 있는 버스 정류장으로 향했다. 늦은 시간임에도 아직 많은 버스가 운행 중이었다. 우리는 각자의 목적지로 향하는 버스를 아무 말 없이 기다렸다. 늦은 시각이어서 자동차 소리만이 들려올 뿐이었다.

적막 속에서 남자 배우 중 한 명이 서러움을 참지 못하고 울음을 터뜨리자 나를 제외한 모든 후배들이 눈물을 흘리기 시작했다. 나는 문득 군 입대 전 혼자 삼각김밥을 먹으면서 눈물을 흘렸던 때를 떠올렸다. 그들을 위해서 해 줄 수 있는 게 없다면 따뜻한 위로라도 해 주고 싶었다.

"울지 마."

과거 선배가 나에게 그랬던 것처럼 그들 한 명 한 명을 안아 주었다. 오늘을 웃으면서 이야기하는 날이 올 수 있도록 열심히 해서 경력을 많이 쌓고 훌륭한 배우가 되자고 하면서.

모두들 자기의 목적지로 향하는 버스가 오자 조만간 꼭 보자는 약속을 하며 버스에 올랐다.

"포기하지 말자!"

버스를 타는 그들의 뒷모습을 보며 외쳤다. 진심으로 다시 만나길 빌면서.

마지막으로 술 마시고 연출에게 실수를 했던 후배 배우와 둘만 남아 버스를 기다렸다. 그는 아버지가 노래방을 운영하셔서 오디션 준비를 하려면 그곳에서 해도 된다고 했다. 나는 웃으면서 고맙다는 말과 함께 다음 작품 회식 때는 술 먹고 실수하지 말라는 조언을 하고 먼저 버스에 올랐다. 홀로 남아 손은 흔들며 내게 인사하는 그를 보는 게 마음이 아팠다.

버스 제일 뒷좌석 구석에 앉았다. 한 달 반 동안 아침부터 밤늦게까지 연습했던 시간들이 눈앞에 스쳐 지나가면서 이제야 눈물이 났다. 나도 정말 슬펐다. 제대를 하고 어렵게 붙은 오디션이기에 정말 잘해 보고 싶었다. 그리고 같이 고생했던 그들의 힘이 되고 싶었다. 그런데 아무것도 할 수 없었다. 나 자신이 초라해지는 순간이었다.

버스를 타고 가는데 창밖의 가게 하나가 눈에 들어왔다. 정류장 앞의 다른 가게들은 불이 꺼져 있었지만 그 가게만 유난히 밝은 빛을 내며 영업 중이었다. 찐빵과 만두를 파는 집 같았다. 주인은 새로 만든 찐빵을 진열대에 올려놓고 있었다. 새벽 한 시가 넘은 시간에도 장사하는 것을 보면서 세상에는 쉬운 일이 없다는 생각이 들었다.

'울지 마.'

집으로 가면서 나 자신에게 말했다. 나만 힘들게 사는 게 아니니까. 열심히 해서 경력을 쌓고 좋은 배우가 되어야겠다고 다짐했다.

'언젠가 나도….'

뮤지컬 〈우연히 행복해지다〉 (2015)

뮤지컬 〈미추홀에서 온 남자〉 (2015년)

블랙리스트 1

한동안 아무 생각 없이 아르바이트를 하면서 지냈다. 준비하던 공연이 엎어진 것으로 인한 충격이 컸기 때문일까. 그저 친구들이나 만나면서 아무 생각 없이 지내고 싶었다. 절반 이상이 나가 버린 메신저의 단체 채팅방을 보면서 서운한 감정을 느꼈다. 우리는 일적인 관계를 뛰어넘는 사이라는 믿음은 온전히 내 착각이었다는 생각과 더불어.

그러던 어느 날, 뜻하지 않은 연락이 왔다. 저번 연습 때 술을 마시고 연출에게 실수를 했던 후배가 캐럴송을 녹음하자는 것이었다. 개그맨들과 함께 녹음 작업을 하면 되는데 페이가 괜찮다고 했다. 나는 개그맨 누구냐고 물었다. 입대 전 개그맨 선배들과 작품을 하면서 사적으로 꽤 많은 개그맨들을 알고 있었다. 그렇지만 제대 후 개그맨 선배들에게 연락을 하지 못했다. 새로운 공연으로 멋진 모습을 보여 줄 수 있을 때 연락하고 싶었기 때문이다. 그렇기에 일로서 만날 수 있다면 내겐 너무 반가운 일이었다.

하지만 그 후배는 개그맨이 누군지는 잘 모르겠다며 일단 내일 오전 9시까지 강북에 있는 유명 빌딩으로 오라고 했다. 나는 알겠다며 내일 보자는 말로 전화를 끊었다. 다음 날이 마침 알바가 없는 날이라 쉬고 싶은 마음이 더 컸지만 내 생각을 해주는 후배가 기특하기도 하고 고맙기도 했다.

다음 날 약속 장소로 가서 후배를 만났다. 전날 연습할 때는 운동복을 입고 다녔던 녀석이 캐주얼 정장 차림으로 내 앞에 나타나서 내심 놀랐다. 커피를 마시면서 서로의 근황을 나누었다. 그는 회사에서 일을 하는데 이곳에서 녹음 작업을 하면 된다고 했다. 같이 녹음할 개그맨은 아직 누구인지 모른다는 말로 이야기를 마무리 지었다.

커피를 마시고 후배와 함께 그의 회사로 올라갔다. 대형 빌딩의 한 층을 통째로 쓰는 큰 회사였다. 일하는 사람들도 많았고 지나가는 직원들 모두 나를 보며 친절하게 인사했다.

"너 좋은 데서 일하는구나. 출세했네! 고맙다, 야!"

회사 로비에 도착한 나는 후배에게 페이를 받으면 술과 고기를 사겠다고 말하며 어깨를 두드렸다. 그는 작은 소리로 웃더니 내가 가지고 있는 짐을 맡아 주겠다며 내 가방을 들고 로비와 연결된 복도 쪽으로 사라졌다.

곧바로 한 여직원이 나타나 나를 사무실로 안내했다. 그녀가 건네주는 음료수를 받아 마시면서 의자에 앉아 목을 풀었다. 녹음실은 어디 있냐는 말에 앞에 앉은 그녀는 웃으면서 이따가 말씀드리겠다고만 할 뿐 핸드폰에 신경을 쓰고 있었다. 나는 아랑곳하지 않고 큰 소리로 내가 좋아하는 뮤지컬 노래를 부르면서 계속 목을 풀었다.

"지금 이 순간 마법처럼!"

후배가 방에 들어오자 나는 들뜬 마음에 목소리 컨디션이 좋아서 녹음이 잘될 것 같다고 소리쳤다. 그리고 다시 한 번 같이 녹음할 개그맨이 누구냐고 물었다. 그러자 후배가 내 눈을 피했다. 그때 여직원이 사실은 이곳에 부른 이유가 녹음 때문이 아니라 나에게 큰돈을 벌 수 있는 기회를 주기 위해서라고 했다. 배우들이 힘들게 생활하는 것을 알고 있다면서 편하게 돈을 벌며 연기 생활을 할 수 있게 도와주겠다는 것이었다.

'다단계!'

순간적으로 이 세 글자가 내 머릿속을 스쳐 지나가며 배우들이 단체 채팅방에서 절반이나 빠져나간 이유를 깨달았다. 나는 화가 머리끝까지 나서 자리를 박차고 사무실을 나가 복도를 따라 빠른 걸음으로 입구 쪽으로 걸어갔다. 후배가 뒤따라와서 내 앞을 가로막았다. 나는 그에게 내 가방을 달라고 했다. 그러자 그는 속인 것은 미안하지만 쉽게 큰돈을 벌 수 있게 해주겠다며 나중에 자신에게 고마워할 거라고 했다. 나는 그의 멱살을 잡았다. 그리고 전날 버스 정류장에서 그와 헤어지고 차창 밖으로 본 만두 가게 이야기를 해 주었다.

"돈을 벌려면 노력을 해야지. 세상이 그렇게 호락호락해?"

그러면서 우리가 존경하는 대학로 출신의 유명 배우들이 우리 나이 때에 너처럼 유혹에 넘어가서 남들 등쳐먹으며 배불렸다면 과연 위대한 배우가 됐을까 생각해 보라고 했다. 그리고 어디 가서 배우라는 소리는 입도 뻥끗하지 말라고 했다. 역겨우니까.

가방은 가지라는 말을 던지고 그를 지나쳤다. 속았다는 것도 화가 났지만 마음이 아팠던 것은 함께 고생했던 동료에게 배신당했다는 사실이었다.

엘리베이터 앞에 서서 내려가는 버튼을 눌렀다. 그러자 후배가 달려와 내 앞에 무릎을 꿇었다. 그리고 내가 이대로 가버리면 자신이 큰 불이익을 당한다면서 제발 회사가 하는 이야기라도 들어 달라고 했다.

그와 보낸 한 달 반이라는 시간의 기억들이 떠올랐다. 뮤지컬 배우가 꿈이라며 경력 몇 줄 안 되는 나에게 항상 형처럼 되고 싶다는 말을 하던 후배. 나를 유난히 잘 따르던 그 후배가 내 앞에서 무릎을 꿇고 있었다.

순간 나는 후배에 대한 분노보다 이 회사를 박살내고 싶다는 생각이 들었다. 그리고 후배에게 알겠다고 말하고는 다시 사무실로 들어갔다. 후배는 몇 번이나 고맙다고 인사를 하며 밖으로 나갔다. 처음 나를 안내하던 그 여직원이 조금 전과 비슷한 말로 나를 설득하기 시작했다. 쉽게, 그리고 편하게 돈을 벌면서 배우 생활을 할 수 있게 도와주겠다는 식으로. 나는 지금 배우 생활을 해도 충분히 먹고살 수 있다고 했다.

"저 뮤지컬 배우예요!"

나는 연예인들과 공연도 했고 내 후배랑은 클래스가 다르다고 했다(전혀 그렇지 않지만). 또, 공연을 하면서 돈을 버는 게 행복하고 충분히 물질적으로 풍요로워서 돈 욕심이 없다고도 했다. 결국 그녀는 알겠다면서 사무실을 나갔다.

오 분 정도 지나서 후배가 나타나 같이 수업을 듣자고 했다. 삼십 분짜리 강의가 진행되는 동안 나는 듣는 척하면서 다른 생각을 했다.

수업이 끝나자 후배가 큰 사무실로 나를 안내했다. 거기엔 나 말고도 여러 명의 남성들이 여직원의 이야기를 듣고 있었다. 남자 한 사람마다 여직원이 한 명씩 따로 붙어서 설득을 하는 것 같았다. 그래서 모두들 서로 곁에서 하는 이야기들을 들을 수 있었다.

두 번째로 나를 설득하러 온 여직원은 자신의 등급이 루비라고 하면서 아까 수업에서 들었던 것과 똑같은 내용으로 쉽고 편하게 돈을 벌 수 있다는 논리로 접근했다. 그러나 나를 설득하지 못했다.

그러자 또 다른 여직원이 나타나서 나를 설득하기 시작했다. 다이아 등급의 여직원이었는데 제법 말을 조리 있게 하는 편이었다. 그녀는 소비자들이 비싸게 물건을 구입하게 되는 것은 몸값 비싼 연예인들이 홍보를 해서 제품의 가격이 높아지기 때문이라고 설명했다. 그렇지만 자신들은 그런 홍보 대신 저렴하고 품질 좋은 제품을 직접 소비자들에게 판매하므로 막대한 이윤을 창출한다고 했다.

"저 X라X틴 쓰는 남자예요."

내 말에 여직원은 의아한 표정으로 나를 바라보았다. 나는 그 샴푸를 쓰는 이유가 홍보를 하는 여배우를 너무 좋아해서라고 했다. 그리고 그 여배우가 X장센 홍보를 하게 되면 주저 없이 그 제품으로 갈아탈 거라는 말도.

나는 소비자는 선택할 수 있는 권리가 있다면서 내가 좋아하는 여배우가 출연했던 영화들에 대해서 신나게 떠들어 댔다. 주변 사람들이 내 이야기를 듣고 있는 것 같다는 느낌이 들었다. 처음 들어왔을 때 시끌벅적했던 큰 사무실에서 이야기를 하는 사람은 나밖에 없었으니까.

“X라X틴 샴푸 향 맡아 보셨어요? 향기가 장난이 아니에요! 제 머리 냄새 맡아 보세요.”

나는 〈샴푸의 요정〉이라는 노래를 흥얼거리며 주위의 여직원들에게 내 말이 맞지 않느냐며 호응을 유도하기도 하고 주변 남자들에게도 내가 좋아하는 여배우의 청순함과 아름다움에 동의를 받아 내기도 했다. 내 연설이 막바지에 이르자 마침내 남자들이 나에게 박수를 치기 시작했다.

“여러분 부자 되세요! 감사합니다! 감사합니다!”

나는 남자들 한 명 한 명과 눈을 마주치며 인사를 했다. 내 페이스에 말린 다이아 등급의 여직원은 결국 포기하고 방을 나갔다.

다이아가 나가고 얼마 지나지 않아 후배가 들어오더니 점심을 먹으러 가자고 했다. 우리는 아래층에 있는 식당가로 향했다. 말을 많이 해서 배가 고팠다. 후배가 사 준다길래 만 원짜리 삼계탕을 시켰다. 밥을 먹으면서 후배가 나에게 원래 말을 그렇게 많이 하는 사람이었느냐고 물었다. 연습할 때 알던 형과는 다른 사람 같다면서 씁쓸한 미소를 지었다.

“너 행복하냐?”

내 물음에 그는 고개를 숙이며 아무 대답도 하지 못했다. 해줄 말이 많았지만 순간 무릎을 꿇고 있던 후배의 비참한 모습이 떠올랐다. 이 친구도 마음이 무거울 거라는 생각이 들어 아무 말 없이 밥을 먹었다. 점심 식사를 마치고 집에 가려는 나에게 그는 아직 만나야 될 사람이 더 있다고 했다. 나는 잠시 고민하다가 그에게 말했다.

"가서 대학로 딴따라가 얼마나 독한지 보여 줄게."

놀란 표정으로 바라보는 후배를 앞질러 나는 다시 그의 회사로 올라갔다.

점심시간이 끝날 때까지 큰 사무실에 앉아 다음 상대를 기다렸다. 후배가 가져간 가방 안에 핸드폰이 있어서 외부와 연락을 할 수가 없었다. 부모님이 걱정하실 것 같아 마음에 걸렸지만 여기까지 와서 돌이킬 수는 없었다.

오후 1시가 되자 안내하는 직원을 따라 큰 강당으로 가게 되었다. 오전에 들었던 강의와 별반 다를 바가 없는 따분한 수업을 들으면서 아까와 마찬가지로 다른 생각을 하며 시간을 때웠다.

수업이 끝나자 후배가 나를 작은 사무실로 안내하고 나갔다. 사무실 안에 혼자 앉아 있던 여직원이 나를 설득하기 시작했다.

그녀는 자신을 명문 K대학교 출신이라고 소개했다. 대한민국에서 손에 꼽히는 명문대학교를 나왔음에도 불구하고 그곳에서 일을 하는 이유는 쉽고 편하게 일을 하고도 막대한 돈을 벌 수 있기 때문이라는 것이었다. 그러면서 나에 대해서 잘 알고 있다고 했다. 나는 그들이 나에 대한 정보를 공유하면서 내 앞에 나타나고 있다는 것을 확신했다.

"제가 K대학교는 너무 잘 알죠!"

공교롭게도 그 대학과는 나도 꽤 인연이 있었다.

"대만 버블티 집 알죠?"

나는 그녀에게 K대학교 출신이라면 모를 수 없는 그 학교의 명물에 대해서 물었다.

"글쎄요, 잘 모르겠네요. 버블티를 안 좋아해서…."

그녀의 눈동자가 흔들렸다.

"그럼 테리스라는 흑인 친구 아세요? 이 친구 모르면 절대 K대생 아닌데."

그 친구는 한국말을 원어민 수준으로 하고 성격도 좋아서 함께 다니면 주변 K대생들이 모두 인사를 할 정도로 K대에서 유명했다.

나는 계속해서 K대생들이 자주 가는 싸고 맛있는 고깃집부터 인도식 카레집까지 내가 알고 있는 여러 가지 정보에 대해서 물었지만 그녀는 잘 모르는 것 같았다. 내가 질문할 때마다 그녀는 목이 탔는지 가지고 왔던 텀블러의 냉커피를 마시기 시작했다. 나는 그녀에게 커피를 좀 얻어 마실 수 있냐고 물었다. 그리고 그녀가 괜찮다고 하자 단숨에 얼음만 남기고 커피를 다 마셔 버렸다. 전부 마셔 버릴 줄은 몰랐던 그녀가 놀란 눈으로 나를 바라보았다.

나는 미안하다며 회사 내에 있는 정수기로 가서 물을 채워주겠다고 하고는 밖으로 나왔다. 회사 로비에 있는 정수기로 향하던 중 처음 강의를 들었던 사무실 뒷문을 지나쳤다. 사무실 안엔 처음 나를 안내했던 여직원과 나를 설득하려 했던 여직원, 그리고 모르는 몇몇 사람들이 회의를 하고 있었다.

잘 들리지는 않았지만 '배우니까' 어쩌고저쩌고 하는 걸 봐서 나에 대해서 이야기하는 것 같았다. 정수기에 물을 채우고 인포 직원에게 믹스커피를 받아서 다시 사무실로 들어갔다.

"자! 계속 이야기해 볼까요?"

나는 커피를 타서 그녀에게 건네며 말했다.

그녀는 당황스러운 기색이 다분했지만 애써 침착한 척하면서 나와의 대화에 임했다.

그녀는 세상에 돈을 벌기 위한 수단은 많고 앞으로도 새로운 직업이 계속 생겨날 것인데 그중 하나가 자신들의 회사가 만들고 있는 일거리라고 했다. 그리고 그 일거리는 미래 지향적인 것이라고 덧붙였다. 그러면서 애덤 스미스 이야기를 꺼내고 '보이지 않는 손'에 대해서 설명하기 시작했다. 자신들이 파는 값싸고 질 좋은 물건으로 수익을 올리면 소비자도 만족하고 사회 전체에 이익이 된다는 것이었다.

"그러니까 이 회사가 나라에 좋은 일을 하고 있는 거네요?"

그녀는 내 말에 기뻐하며 더 열정적으로 이야기를 이어 갔다.

"애덤 스미스는 경제학자이지만 철학가로도 유명한 사람이에요."

듣는 척하던 내가 그녀의 말을 잘랐다.

그녀는 처음 알게 되었다는 표정으로 어정쩡하게 고개를 끄덕였다. 나는 그녀에게 애덤 스미스가 『도덕 감정론』이라는 책의 저자이며 공감 능력을 바탕으로 이루어진 사회관계가 도덕적 판단을 한다는 게 주요 내용이라고 설명해 주었다. 하지만 그녀는 잘 이해하지 못하는 것 같았다. 나는 다시 간단하게 설명해 주었다.

"쉽게 말해서 사람들이 나쁘다고 생각하는 거는 도덕적으로 나쁜 건데 사람들이 다단계를 나쁘다고 생각하잖아요?"

내 말에 그녀의 표정이 굳어 가기 시작했다. 사람들이 다단계를 나쁘게 생각한다면 이곳은 좋은 일을 하고 있는 곳이 아니라 나쁜 일을 하고 있는 곳인데 애덤 스미스가 쓴 『도덕 감정론』이 틀린 거냐고 물었다. 그녀는 당황한 나머지 틀린 거라고 대답했다.

"그럼 아까 말씀하신 '보이지 않는 손'도 틀린 말인가요?"

그녀는 '보이지 않는 손'은 맞는 말이지만 사람은 누구나 실수를 할 수 있기 때문에 『도덕 감정론』 같은 잘못된 책이 출판될 수도 있다는 것이었다.

"하하하… 그럼요. 사람은 신이 아니니까요."

나는 일부러 크게 웃으며 그녀에게 말했다. 점점 그녀는 표정이 굳어지고 말이 없어졌다. 불편한 침묵이 흘렀고 나는 그 고요함을 견디기가 힘들었다. 그녀가 빨리 포기하기를 바랄 뿐이었다. 그때 그녀가 가방에서 파일북 몇 개를 꺼내서 책상에 올려놓았다. 또 무언가를 설명하려고 하는 것 같았다. 나는 어쩔 수 없이 회심의 일격을 가했다.

"K대 출신 아니시죠?"

그러자 그녀는 얼굴이 사색이 되어 나를 바라보았다. 나는 친한 고등학교 동문이 K대 통계학과 학생이고 사촌 형이 K대 철학과 학생이라는 말을 이어 갔다. 그들을 따라 자주 도강을 하다 보니 자연스럽게 친구들도 사귀게 되었고 심지어 외국인 교환학생 친구들까지 생겼다는 말과 함께. 대화를 하면서 유감스럽게도 그녀가 K대 출신이 아니라는 확신이 들었다는 솔직한 나의 생각을 전했다.

굳은 표정으로 있는 그녀에게 나는 서울에 있는 전문대학교를 나왔지만 열심히 하다 보니 연예인들과 공연도 하면서 돈도 만족할 만큼 벌고 있다고 했다. 그녀는 부들부들 떨면서 내 이야기를 듣다가 학벌은 숨기거나 속이거나 부끄러워할 것이 아니라는 말에 자리를 박차고 나갔다.

그녀가 나간 지 오 분도 되지 않아 삭발을 하고 목에 문신을 한 경호원이 내 앞에 나타났다. 그는 내게 여직원에게 뭐라고 했느냐고 물었다. 나는 애덤 스미스에 대해서 이야기를 했다고 대답했다. 그러자 그는 맞기 싫으면 입 조심하라고 했다. 그 말에 나는 참지 못하고 웃통을 벗으며 크게 외쳤다(부끄럽게도).

"야! 체육관 가서 한번 붙어 볼까?"

연극 <만화방 미숙이> (2016)

블랙리스트 2

나는 스무 살부터 복싱을 해 왔다고 소리치며 그에게 지금 당장 근처 체육관으로 가서 한판 겨루어 보자고 했다. 내가 소리를 질러서였을까. 회사 직원들이 달려 들어와 우리를 말렸다. 후배는 사색이 되어 어쩔 줄 몰라 하고 있었다. 나는 경호원이 직원들에 의해 끌려 나가고 나서야 다시 옷을 입었다.

"좋은 회사라더니 문지기부터 아주 개판이네!"

나는 분을 삭이지 못한 채 문 쪽을 향해 외쳤다. 회사 직원 한 명이 다시 들어와 아이스 아메리카노를 건네며 화를 풀라고 했다. 직원 교육을 잘 시키겠다는 말과 함께. 후배가 쭈뼛쭈뼛 다가왔다.

"야! 지금 수업하는 강의실이 어디야?"

나는 수업을 듣고 오겠다고 했다.

두 번이나 들었던 다단계 강의를 또 들으면서 마음을 가라앉히고 다음 상대를 기다렸다.

세 번째 수업이 끝난 후 조금 전 그 사무실에서 기다리자, 이번엔 사파이어 직급이라는 여직원이 나타났다. 그녀는 자신을 S전자 출신이라며 전에 사용했다는 명함을 보여 주었다. 그리고 S전자를 다닐 때보다 돈도 훨씬 많이 벌고 일도 편해서 지금 생활에 만족한다고 했다. 그러면서 내가 말을 잘하기 때문에 조금만 노력하면 자기처럼 많은 돈을 쉽게 벌면서 편하게 연기 생활을 할 수 있다는 것이었다.

내가 잠시 듣는 척하자 사파이어는 아까 K대 출신을 사칭한 여직원이 보여 주려 하던 파일북을 펼쳐 보이며 나를 설득하기 시작했다. 파일 안에는 회장이라는 사람이 전 정부의 대통령과 악수를 하고 있는 사진들이 들어 있었다. 사파이어는 이상하고 나쁜 회사라면 이렇게 대통령 표창을 받고 대통령과 사진을 찍을 수 있겠느냐고 했다.

"돈 많이 벌어서 부자 되고 싶으세요?"

내 물음에 그녀는 그래서 S전자를 이직하고 이 회사로 들어왔다고 답했다. 나는 아무 말 없이 그녀를 바라보다가 입을 열었다.

“통일은 대박입니다(성대모사).”

당시 재임 중이던 대통령의 유명한 슬로건이었다. 나의 뜬금없는 성대모사에 그녀가 큰 소리로 웃었다. 나는 그녀에게 큰돈을 벌고 싶으면 건설주에 투자하라고 조언했다. 통일이 되면 건설 회사들이 북한으로 진출해서 많은 건물들을 짓게 될 것이고 그렇게 되면 주식이 고공 행진을 하게 될 테니까. 그리고 지금 이 순간에도 주식이 오르고 있을 거란 말을 덧붙였다.

“믿을 만한 소식통에 의하면….”

나는 사파이어에게 은밀한 목소리로 몇몇 우량 건설주들을 찍어서 알려 주었다. 그리고 핸드폰이 없기 때문에 그녀더러 직접 포털 사이트에서 검색해 보라고 했다. 지난 몇 년간 얼마나 올랐는지 알 수 있을 거라면서. 내가 닦달하자 사파이어는 마지못해 검색해 보더니 내 말이 맞다고 했다. 그리고 지친 기색이 역력한 얼굴로 설득을 포기한 채 사무실에서 나갔다.

시계를 보니 오후 여섯 시가 조금 넘은 시각이었다. 벌써 시간이 이렇게 됐나 싶기도 하고 내가 지금 여기서 무엇을 하고 있는 건가 하는 회의감도 들었다. 그때 어두운 표정을 한 후배가 들어와 저녁을 먹으러 가자고 했다.

식당가 층에서 순댓국을 먹고 나서 건물 옥상의 전망대로 올라갔다. 둘은 바람이 부는 벤치에 앉아 어둠이 깃드는 한강을 묵묵히 바라보았다.

"집안이 많이 힘드냐?"

후배는 한참 만에 나지막이 네, 하고 대답했다. 선배로서 무슨 말을 해 줄 수 있을까 고민스러웠다. 그러다가 아무리 그렇다고 해도 지금 하는 일을 부모님이 알면 슬퍼하실 거라고 말했다. 미래가 불확실한 배우를 하고 있는 것도 불효인데 이런 일을 하는 것은 부모님 가슴에 못 박는 거라면서. 이럴 시간에 연기 연습을 해서 좋은 무대에 서는 것이 부모님한테 떳떳한 일이라는 내 말에 후배는 눈물을 보였다.

"뭘 잘했다고 울어. 넌 울 자격도 없어."

말은 그렇게 하면서도 배우를 하면서 참 울 일이 많다는 생각이 들었다. 나는 빨리 담판을 짓고 싶었다.

"잔챙이들 말고 여기서 제일 높은 사람 데리고 와."

후배는 눈이 휘둥그레지면서 나를 바라보았다. 나는 더 이상 이 공간에 있기도 싫었고 죄책감에 괴로워하는 후배를 보는 것도 힘들었다.

후배와 함께 다시 회사 사무실로 내려갔다. 로비에서 잠시 기다리자 처음 안내했던 여직원이 사장실로 나를 인도했다. 안엔 아무도 없었지만 여직원은 곧 사장님이 오실 거라며 편하게 기다리고 있으라고 했다.

아무도 없는 사장실 소파에 앉아 주위를 둘러보았다. 책상과 의자를 비롯한 인테리어들이 꽤 고급스러워 보였다.

잠시 후 한 여성이 들어와 테이블 위에 외제차 키를 올려놓으며 자신이 사장이라고 인사를 했다. 나는 허리를 꼿꼿이 세우고 그녀에게 먼저 악수를 청했다. 배우인 내가 봐도 상당한 미모의 젊은 여성이었다. 나이를 물어보자 그녀는 26살이라면서 이곳은 어려도 실력만 있으면 사장이 될 수 있다고 했다. 그리고 부하 직원들로부터 나에 대한 보고를 받았다고 했다. 웃통을 벗은 것까지 포함해서.

그녀는 생글생글 웃으며 이 회사가 다단계 회사가 맞다고 했다. 이곳에서 다단계 회사라는 것을 인정하는 사람은 처음이었다. 그것도 사장이라는 사람이.

"제가 여기 온 이상 회사의 자존심 때문에라도 고객님을 저희 사람으로 만들어야겠어요."

사장인 본인까지 왔으므로 회사의 자존심을 걸고라도 나를 설득시키겠다는 것이었다.

나는 그녀가 앞에 만났던 여직원들과는 차원이 다른 사람임을 느꼈다. 그리고 정신을 바짝 차리고 그녀의 이야기를 들었다. 그녀는 차키를 만지작거리며 자신의 어머니가 암 투병을 하게 되어서 이 일을 하게 되었다는 말로 이야기를 시작했다. 고등학교 때 아버지가 가출을 하고 어머니와 단둘이 살게 되었는데 스무 살 때 어머니가 쓰러졌다는 것이었다.

"아휴! 정말 힘드셨겠네요."

내 대꾸에 그녀가 이야기를 멈추고 고개를 끄덕였다. 그러고는 더욱 슬픈 눈빛을 하며 이야기를 이어 나갔다.

그래서 본의 아니게 자신이 가장이 되었는데 병원비가 눈덩이처럼 불어나서 감당이 되지 않았다고 했다. 아르바이트를 하면서 병원비를 갚으려 했지만 도저히 답이 나오지 않던 중 우연한 기회에 이 회사로 오게 되어 병원비도 갚고 외제차도 소유하게 됐다는 얘기였다. 그리고 현재는 도곡동의 고급 아파트에 살고 있다고 했다.

그녀는 나에게 특별한 능력이 있으니 같이 일을 해 보자고 했다. 가난한 배우로 힘들게 살기보다 자기처럼 큰 부를 누리며 편하게 살았으면 좋겠다는 것이었다. 나는 그녀에게 박수를 쳤다.

"어린 나이에 정말 고생이 많으셨네요. 그런데 제 이야기 좀 들어 보실래요?"

나는 진심을 담아 내가 배우로서 살아온 이야기를 들려주었다. 내 이야기가 끝나자 그녀가 고생이 많다고 했다. 그러면서 무엇 때문에 그렇게 고생을 하면서 사느냐고 물었다.

"꿈이 있으니까요."

그녀는 질린다는 표정으로 나를 보며 친한 사람 중에 연극배우가 있는데 그도 낙산 공원 근처에 있는 옥탑방에서 가난하게 사는 주제에 나처럼 꿈이 있다는 이야기를 밥 먹듯이 했다고 했다. 항상 빈털터리여서 자신이 밥도 자주 사 주곤 했다면서.

나는 반가운 마음에 그 배우가 출연한 작품에 대해서 물었다. 그녀는 신이 나서 핸드폰을 꺼내 포털 사이트에 검색을 해서 작품 홈페이지를 보여 주더니 저장되어 있는 그 배우 사진도 몇 장 보여 주었다. 공연을 끝내고 관객들과 기념으로 찍은 사진이었다. 사진 속에는 그녀의 모습도 보였다.

"얼굴도 잘생겼지만 연기도 잘하더라고요."

출연진은 달랐지만 공교롭게도 내가 본 적이 있는 작품이어서 나는 그녀의 말에 적극적으로 호응해 주었다.

그녀는 사지 멀쩡한 사람이 그렇게 사는 게 한심하다고 했다. 무엇 때문에 그렇게 가난하고 힘들게 사는지 이해가 안 간다고도.

"이분 좋아하시죠?"

정곡을 찌르는 내 말에 그녀는 얼굴이 빨개지면서 아니라고 강하게 고개를 흔들었다. 자신은 상대방의 능력을 보는데, 이 사람이랑 결혼하면 평생 가난하게 살 것 같아서 싫다고 했다.

"그래도 응원해 주고 싶죠?"

그녀는 대답 없이 사진만 보고 있었다.

"제 후배 놈이나 저나 사장님 친구분이나 같은 사람들입니다."

나는 그녀에게 배우들은 돈 많이 안 벌어도 되고 좋은 집에서 안 살아도 되며 외제차 안 타도 연기할 수 있는 무대만 있으면 좋은 사람들이라고 했다. 꿈만 먹고 살아도 행복한 사람들이라고도. 그녀에게 후배를 놓아 달라고 했다. 어차피 연극 바닥은 좁아서 더 이상 후배한테 끌려오는 배우는 없을 거라는 말과 함께. 그리고 쓸모없는 직원을 데리고 있는 위험을 감수하는 것보다는 좋은 배우가 되길 응원해 주는 게 좋지 않겠냐고 물었다.

"그 친구가 성공한 배우가 된다면 어디 가서 자랑이라도 할 수 있지 않겠어요? 사장님의 자랑스러운 친구 배우분처럼."

그녀는 고민을 하다가 씁쓸한 표정을 지으면서 고개를 끄덕였다. 배우들 고집은 꺾을 수 없다는 말을 보태면서.

"배우가 돼서 고집이 세진 건지, 고집이 세어서 배우가 된 건지 모르겠네요."

그녀는 웃으며 배우들은 앞으로 이곳에 출입 금지를 시킬 거라고 했다. 나도 회사를 위해서 그러는 편이 좋을 거라고 응수했다. 그녀는 나 같은 사람은 처음 본다며 무엇을 해도 크게 될 사람 같다는 말과 함께 훌륭한 배우가 되라는 덕담을 했다. 나도 사장의 어머니가 하루빨리 완쾌하길 바란다는 말을 남기고 자리에서 일어섰다. 그리고 악수를 하고 방을 나왔다.

사장실을 나오자 후배가 걱정이 가득한 얼굴로 기다리고 있었다. 나는 그를 데리고 건물을 벗어났다. 우리는 말없이 지하철역으로 향했다. 중간쯤 걸어갈 무렵, 처음 나를 안내했던 여직원에게서 후배 핸드폰으로 전화가 왔다. 사장의 지시로 자기와 치킨을 같이 먹어야 한다는 것이었다. 처음에는 거절했지만 그녀는 할 말이 있다면서 우리에게 기다리라고 했다.

결국 여직원과 함께 셋이서 근처 치킨집에서 치맥을 했다. 그녀는 오늘 겪었던 일은 무덤까지 가지고 가 달라고 당부했다. 특히 후배에게는 여러 차례 같은 말을 되풀이했다. 얄쌍하게 생긴 여성의 입에서 나오는 말이라고는 믿기지 않을 만큼 무서운 말이었지만 그래도 이들을 다시 안 봐도 되는 게 다행이다 싶었다.

후배와 헤어지면서 그에게 돈이 급하면 이런 일보다는 영화판에 가서 조연출 아르바이트를 하라고 권했다. 그는 나에게 고맙다고 몇 번이나 인사를 했다.

후배와 헤어진 후 왕십리로 향하는 지하철을 탔다. 가방에서 핸드폰을 꺼내 보니 부재중 전화가 엄청 와 있었다. 하루 종일 연락이 되지 않아서 부모님이 걱정을 하셨던 것이다.

집에 들어가니 어머니께서 술을 먹고 늦게 들어왔느냐며 야단을 치셨다. 술이 약한 내가 맥주 500cc 두 잔에 빨개진 얼굴로 술 냄새를 풍기며 자정을 넘어서야 돌아왔던 것이다. 야단을 맞는 도중에 후배에게서 메신저로 고맙다는 연락이 왔다. 나는 웃으면서 후배에게 답장을 했다.

'무대에서 만나자, 제발.'

어머니는 진지하게 이야기를 하고 있는데 웃고 있느냐면서 더 화를 내셨다. 그래도 마음은 편안했다.

그 후 어떻게 알았는지 한동안 몇몇 배우들로부터 그 후배에게서 연락이 오면 받지 말라는 이야기를 들었다. 그때마다 나는 그가 그 일을 그만둔 것 같다고 대답했다.

그러던 어느 날, 예전에 같이 아동극을 했던 후배에게서 전화가 왔다.

"형. 개그맨들이랑 애니메이션 녹음하실래요?"

"…?"

서시

다단계 사건 이후로 나는 알바를 그만두고 오디션 준비에만 열중했다. 하루라도 빨리 무대에 서서 부끄럽지 않은 배우가 되고 싶었다. 자칫 잘못하면 나도 그 후배처럼 나쁜 길로 빠질 수도 있겠다는 생각이 들었던 것이다. 그리고 외줄 타기를 하는 광대처럼 배우로서 중심을 잘 잡고 오직 한길을 가리라 스스로에게 다짐했다.

오디션을 지원하고, 지정 대사를 외우고, 오디션을 보는 일상이 반복되었다. 탈락의 고배를 마실 때마다 좌절감이 들었지만 포기하지 않았다. 탈락을 거듭할수록 내성이 생겨서 실망감보다는 다음 오디션을 더 열심히 준비하게 되었다. 그러면서 점점 심사위원들 앞에 서는 것이 편해지기 시작했다.

심사위원들의 표정만으로도 결과를 예감할 수 있는 단계가 되었을 때쯤, 운 좋게 한 컴퍼니로부터 합격했다는 연락을 받았다. 상업성이 많이 짙은 작품이어서 조금 망설여졌지만 나를 필요로 하는 곳이 있다는 사실에 오히려 고마움을 느꼈다. 컴퍼니에선 연출과 미팅을 하기 전에 작품을 먼저 관람하라고 했다.

지정된 시각에 관람을 하러 극장에 도착했다. 꽤 많은 사람들이 줄을 서서 기다리고 있었다. 대부분이 여성들이었다. 아이돌 콘서트의 입장을 기다리는 소녀들처럼 손에는 선물 꾸러미를 들고 있었다. 스태프로 보이는 사람이 카메라로 그 모습을 담느라 분주히 움직였다. 아마 홍보를 하기 위해서 사진을 찍는 것 같았다. 나는 극장으로 들어가 여성 관객들 속에 앉아 집중해서 공연을 관람했다. 상업극 치고는 상당히 철학적인 내용을 담고 있는 작품이었는데 배우들의 외모가 출중했다. 공연이 끝나고 여성 관객들의 환호성 속에서 함께 박수를 치며 내가 이 작품을 잘할 수 있을까, 하는 두려움이 생겼다.

사무실에서 만난 연출이 작품에 대한 설명을 해 주면서 내게 웃는 것이 예뻐서 뽑았다는 말을 했다.

"난 너 믿는다."

연출은 배우를 믿는 것이 자신의 철학이라며 대본을 주더니 보름 안에는 대사를 다 외워야 한다고 했다. 대사가 꽤 많아 대본이 두꺼웠지만 해내고 싶었다.

그때 한 남자 배우가 들어왔다. 연출은 내가 지원한 배역을 맡아 현재 공연을 하고 있는 배우라고 그를 소개했다. 185센티미터 정도의 큰 키에 장발을 하고 짙은 콧수염을 기른 그는 작은 눈을 크게 뜨며 자신이 유도선수 출신이라고 했다. 나는 처음에 그가 나보다 열 살은 많을 거라고 생각했는데 실제로는 세 살 연상이었다.

연출은 온 김에 첫 연습을 하자고 했다. 그리고 나와 같은 배역을 맡은 그 선배와 함께 셋이서 극장 밑 지하로 향했다. 놀랍게도 지하에 공연장이 또 있었다. 같은 작품을 동시에 두 개의 극장에서 공연하고 있었던 것이다. 그 정도로 인기가 많은 상업극이었다.

연출은 객석 구석에서 핸드폰으로 무언가 열심히 하고 있었고(아마도 게임), 나는 무대로 올라가 그 선배와 열심히 대본 리딩을 했다. 내가 지문을 읽을 때마다 그 선배는 '아니 그게 아니라'라고 하면서 어떤 감정으로 연기해야 하는지를 일러 주었다. 그리고는 항상 '이렇게 하는 거야'라는 말로 연기에 대한 정리를 했다.

"빨리 무대에 오를 수 있게 네가 잘 좀 가르쳐 줘."

한참 후 연출이 다가와 선배에게 부탁했다. 그리고 그에게 나를 맡기고 약속이 있다면서 자리를 떠났다. 오 분 정도 시간이 지났을까.

"야, 네가 알아서 해. 연기는 자기가 깨달아야 되는 거야."

그 말을 하면서 선배가 무대를 내려가 밖으로 나갔다. 연출이 있을 때와는 딴판이었다. 나는 텅 빈 극장의 무대 위에서 멍하니 서 있었다.

'정말 세상에 쉬운 게 없구나.'

그러다가 문득 고독감을 느낄 시간조차 아깝다는 생각이 들었다. 그리고 열심히 해서 빨리 무대에 서야겠다고 다짐했다. 마음껏 연습할 수 있는 공간이 생겨서 다행이라고 생각하면서.

매일 아침 일찍 극장으로 가 혼자서 노래를 부르고 연극 대본을 읽으며 연습을 했다. 이틀 정도 지나자 연출이 조연출을 소개해 주었다. 자기 밑에서 연출을 배우고 있는, 혜화역 근처의 명문대학교를 졸업한 수재라며 많은 것을 배울 수 있을 거라고 했다.

다음 날부터 조연출에게서 작품을 분석하는 법에 대한 가르침을 받게 되었다. 그때까지는 해 본 적이 없었던 작업이라 시간 가는 줄 모르고 그와 작품에 대해서 토론하고 연습했다. 덕분에 연기에 대한 자신감이 하루하루 쌓여 갔다.

일주일 정도 지났을까, 새로운 배우가 들어왔다는 조연출 말에 경쟁자가 또 생긴 건 아닌지 내심 긴장되었다. 그런데 놀랍게도 새로 들어온 건 여배우였다. 본래에는 여장 남자가 맡는 배역이지만 이번엔 진짜로 여배우가 들어온 것이다.

작은 키에 이목구비가 뚜렷한 편은 아니었지만 유난히도 짙은 빨간색 립스틱이 인상적인 배우였다. 가볍게 통성명을 하고 조연출과 셋이서 연습을 했다. 그녀는 작은 체구에도 에너지가 넘쳤다. 나는 연출이 그녀를 왜 뽑았는지 알 것 같았다.

연습이 끝나고 그녀와 버스정류장까지 걸어가면서 서로에 대한 이야기를 주고받았다. 그녀는 전라도 광주에서 상경했으며 현재는 인천에서 고향 선배와 같이 살고 있었다. 오전에는 편의점에서 아르바이트를 하고 주말에는 행사를 뛴다고 했다. 사는 게 힘들다면서도 그녀는 해맑게 웃었다. 경력은 많지 않았지만 재능이 있어서 전도가 유망한 배우라는 생각이 들었다.

조연출과 그녀 그리고 나는 지하에 있는 극장에서 하루도 빠짐없이 작품에 대한 토론을 했다. 토론이 끝나면 조연출은 컴퍼니 대표에게 기획 일을 배우러 사무실로 올라갔다. 그때부터는 여배우와 둘이서 무대 위에 올라 연습을 했다. 항상 저녁이 돼서야 연습이 끝났지만 피곤하기보다는 서로가 하루하루 연기 실력이 늘어 가는 것이 기뻤다.

극장을 나와 집으로 갈 때는 살아왔던 이야기를 나누었다. 서로 고생이 많았다며 위로해 주기도 했지만 자신이 겪었던 일들이 더 힘들었다고 우기며 돌아가는 날도 많았다.

"수고했다."

"내일 봐, 오빠. 우리 꼭 성공하자."

'성공하자'는 말이 공식 구호가 된 것처럼 우리는 항상 그 말을 주고받으며 집으로 향하는 버스를 탔다.

보름 정도를 오전에 나와 저녁까지 연습을 하는 패턴이 반복되던 어느 날, 극장에서 연습을 하고 있는데 연출이 새롭게 들어온 배우 세 명을 소개했다. 근래에 오디션을 개최하지 않아서 새로 들어올 사람이 없었기 때문에 당혹스러웠다. 그런데 연출 뒤에 서 있는 조연출이 씁쓸한 표정으로 나를 바라보고 있었다.

세 명은 일본에서 아이돌을 하다가 온 배우 A와 드라마 쪽에서 활동을 하다가 온 배우 B, 그리고 영화 쪽에서 활동을 하다 온 배우 C였다. 그들은 각자 소속사가 있었고 공교롭게도 세 명 모두 나와 동갑내기였다. 나는 직감적으로 A와 B의 사이가 좋지 않다는 것을 느꼈다. 처음부터 끝까지 둘은 서로 눈 한 번 마주치지 않았던 것이다.

셋은 무대에 올라 객석에 앉아 있는 우리들 앞에서 자기소개를 했다. 제일 먼저 올라간 아이돌 출신의 A는 키가 작았지만 몸이 좋아 보이고 갈색 머리에 옷 스타일도 제법 화려했다. 조곤조곤 자신의 포부를 이야기하는데 마무리 발언이 인상적이었다.

"밑바닥부터 시작해서 배우로서 꼭 성공하겠습니다."

"여기가 밑바닥이냐?"

연출이 정색을 하며 물었다.

순간 정적이 흐르면서 조연출의 표정이 굳어졌다. 나 역시도 대학로를 폄하하는 것 같아 기분이 좋지 않았다. 그렇지만 연출이 불쾌해하는데 나까지 감정을 표출할 필요는 없었다.

영화를 하는 C는 자기소개보다는 본인이 현재 쇼핑몰을 운영한다며 핸드폰을 꺼내 홈페이지를 보여 주는 시간이 더 길었다. 그리고 직원가로 싸게 해 주겠다는 말로 마무리했다.

마지막으로 드라마를 했다는 B는 키가 크고 남자답게 생겼는데 본인이 연기를 못해서 대사 없는 호위무사 같은 역할만 했다고 했다. 그는 대학로 최고의 컴퍼니인 이곳에서 연기력을 쌓고 싶다고 포부를 밝혔다.

우리는 그렇게 다섯이서 연습을 시작했다. 어느 날 연습이 끝났을 때 조연출이 나를 조용히 불렀다. 기획사 사장들이 연출과 술자리를 가지면서 그 세 사람을 작품에 캐스팅하게 했다는 것이었다. 그러나 연기를 잘 못하니 걱정하지 말라며 나를 안심시켰다. 괜찮다는 말로 애써 태연한 척했지만 초조했다. 다들 키도 크고 잘생겼기 때문에 뭐 하나 내가 그들보다 나은 게 없다는 생각이 들었던 것이다. 그래도 흔들리지 말자고 스스로와 약속을 하며 연습을 했다.

세 명의 출석률이 좋지는 않았지만 그럼에도 연습은 순조롭게 진행되었다. A와 C는 나를 포함한 기존에 있던 사람들과는 어울리고 싶어 하지 않는 눈치였다. 그들과 다르게 B는 선배들과의 술자리에도 자주 어울리며 꽤 친하게 지냈다. B는 내게도 몇 번이나 선배들과 같이 술자리를 하자고 권유했지만 나는 술을 즐겨하지 않아서 그때마다 정중하게 거절했다.

그러던 어느 날, 극장 앞에 스포츠카가 한 대 세워져 있었다. 차에 관심이 없는 나도 TV나 영화에서 본 적이 있는 좋은 차라는 것을 직감할 수 있었다. 근처에 연예인이라도 왔나 하는 생각을 하면서 연습을 하러 지하에 있는 극장으로 내려갔다. 드라마를 하던 배우 B가 여배우와 함께 객석에 앉아 이야기를 나누고 있었다.

"오빠, 앞에 차 봤어?"

나는 극장 앞에 세워진 스포츠카에 대한 이야기냐고 물었고, 그녀는 신이 나서 B가 소유하고 있는 것이라고 말했다. 공연을 하러 온 다른 배우들까지도 그 차에 대한 찬사를 아끼지 않았고 한 배우는 연출이 소유하고 있는 두 대의 외제차를 합해도 그 차보다는 가격이 나가지 않을 거라며 호들갑을 떨었다. 나는 차가 멋있다는 말로 B를 치켜세워 주었다.

그날 평소보다 연습을 일찍 끝내고 한강으로 드라이브를 하게 되었다. 본래는 이인승의 차이지만 뒤쪽에 쭈그리고 앉을 수 있는 공간이 있어서 나는 뒷좌석에, 그녀는 조수석에 앉고, B는 운전대를 잡고 한강으로 출발했다. 우리는 음악을 크게 틀고 신나게 노래를 부르며 한강으로 향했다.

한강에 도착한 우리는 한동안 말없이 흐르는 강물을 바라보며 저마다 감상에 젖어 있었다. 침묵을 깬 건 B였다. B는 A와 사이가 나쁜 이유들부터 자신은 인기 아이돌들이 소속되어 있는 축구팀에서 함께 운동을 하고 있다는 것까지 여러 이야기를 들려주었다. 이런저런 이야기를 하다가 여배우가 화장실에 간 사이 그가 진지한 표정으로 말했다.

"나는 연기 취미로 하는 거야."

나는 한강을 보며 아무 말 없이 그의 다음 말을 기다렸다. 그는 자신의 아버지가 군수산업을 하고 있으며 얼마 후면 그 사업을 물려받을 계획이라고 했다. 배우는 자신의 길이 아니라는 걸 알고 있지만 후회하기 싫어서 아직까지 그만두지 않고 있다는 것이었다.

"좋겠네."

그 대답밖에 할 수가 없었다. 억울했다. 운 좋게 서류 심사를 통과해도 긴장감 속에서 오디션을 보고 탈락의 고배를 마시며 좌절감을 느끼며 지내 온 시간들이 머릿속을 스쳐 지나갔다. 나는 무대에 선다는 것이 정말 절실하고 소중한데 어떤 이들에게는 이렇게 쉽고 가벼운 것이라니. 말로만 듣던 상대적

박탈감이 느껴졌다.

돌아가는 길은 그 둘과 집 방향이 달라서 역 근처에서 내려 달라고 했다.

집에 가니 어머니가 치킨을 시켜 주셨다. 가족들과 좋아하는 양념치킨을 먹으면서 나는 나대로 행복하다는 생각을 했다.

'남이랑 나를 비교하지 말자.'

그렇게 나 자신에게 주문을 걸며 잠이 들었다.

다음 날 극장에 가 보니 아이돌 출신 배우 A가 일찍 와서 연습을 하고 있었다. 우리는 서로 상대역을 연기해 주면서 연습을 했다. 연습 후 같이 점심을 먹으면서 그가 일본에서 겪었던 일들을 들려주었다. 말 그대로 밑바닥부터 시작했던 것 같았다. 자기소개를 할 때 '밑바닥부터'라는 말이 악의에서 나온 게 아니었을지도 모른다는 생각이 들었다.

오후가 되어 다 같이 연습을 하는데 갑자기 연출이 나타나 나에게 5시 공연 오프닝 멘트를 하라고 했다. 시계를 보니 4시였다. 시간이 너무 촉박하고 갑작스러웠다. 제대 후 처음으로 사람들 앞에 선다는 것이 두렵고 떨렸다. 종이에 멘트를 적어 놓고 무작정 외우기 시작했다. 공연 시간이 임박하자 나는 적어 놓은 종이를 꾸깃꾸깃 접어서 뒷주머니에 넣었다. 여차하면 꺼내서 볼 심산이었다. 동료 배우들은 할 수 있다며 응원을 보냈다.

5시 정각, 나는 큰 소리로 인사를 하면서 무대 위로 뛰쳐나갔다. 늘 그랬듯이 극장은 빈자리가 없을 정도로 관객이 많았다. 긴장되었지만 동료 배우들이 객석에 앉아서 나를 보고 있어서 그나마 힘이 되었다.

용기를 내어 준비된 멘트를 내뱉기 시작했다. 말을 하면서도 쿵쾅거리는 내 심장 소리를 느낄 수 있었다.

'틀리지 말아야지.'

멘트를 하면서 나는 계속 자신에게 주문을 걸었다. 그런데 중간쯤 갔을 때 갑자기 아무 생각도 나지 않는 것이었다. 관객들이 보이지 않기 시작했고 머릿속은 하얘졌다. 아무 말도 할 수 없었고 어떻게 해야 할지 판단이 서지 않았다. 호흡은 가빠오고 어지럽기 시작했다. 일 초 일 초가 일 년같이 길게 느껴지는 순간,

"괜찮아! 침착해! 괜찮아! 침착해!"

십 대 후반에서 이십 대 초반으로 보이는 관객 한 명이 큰 소리로 나를 응원하기 시작했다. 그러자 다른 관객들도 똑같이 소리치면서 나를 응원해 주었다. 그제야 정신을 차린 나는 준비했던 멘트를 무사히 끝마칠 수 있었다. 관객들은 귀엽다며 박수를 쳐 주었지만 나는 자괴감이 들었다. 아무리 몇 년 만에 사람들 앞에 섰기로 너무 창피한 일이었다. 연출은 농담 반 진담 반으로 처음 치고는 못했지만 다음번에는 더 잘하라고 했

다. 울적했지만 내색하지 않고 오피실로 들어가 공연을 관람했다.

공연이 끝난 후 극장 앞에서 항상 같이 버스를 타러 가는 여배우를 기다렸다. 가는 동안 여러 가지 자문을 구해야겠다는 생각을 하면서.

그 순간 빨간색 스포츠카가 눈앞에 나타났다. 드라마를 하는 B와 여배우가 그 차에 타고 있었다. 조수석 창문이 열리더니 B가 나에게 타라고 했다. 혜화역까지 데려다주겠다며. 나는 어차피 금방이니까 먼저 가겠다고 했다.

“내일 봐, 오빠. 우리 꼭 성공하자!”

그렇지만 스포츠카에 앉아 내게 구호를 외치는 그녀가 낯설었다. 내가 알고 있던 그녀와 다르게 느껴졌다. 혼자 음악을 들으며 정류장으로 가고 있는데 평소와 같은 길임에도 그 길이 쓸쓸하고 더 어둡고 길게 느껴졌다. 마음이 무거웠고 나 자신이 너무 초라했다. 지금 겪고 있는 일들이 내가 배우이기 때문이라는 생각이 들면서 화도 났다.

‘내 길이 아닌가.’

버스를 기다리고 있는데 누군가가 내 어깨를 툭툭 쳤다. 고개를 돌려보니 오프닝 멘트를 할 때 ‘침착해’를 외쳤던 소녀였다. 편지를 건네면서 오프닝 때 내가 나와서 공연에도 나올 줄 알았는데 그렇지 않아서 아쉬웠다고 했다. 그녀는 수줍어하면서 내가 공연하는 모습을 빨리 보고 싶다고 말했다. 잠시 대화를 나누다가 집으로 향하는 버스가 와서 그녀에게 고개를 숙이며 감사한 마음을 전했다.

"평온한 밤 보내세요."

"힘내세요."

그녀의 응원을 뒤로하고 버스에 올랐다.

자리에 앉아 그녀의 편지를 읽었다. 공연이 끝나자마자 가방에 있는 편지지를 꺼내 쓴다며 오프닝 멘트 이후 공연에 나올 줄 알았는데 나오지 않아서 아쉬웠다는, 아까 했던 말과 비슷한 내용의 편지였다. 그리 긴 내용은 아니었지만 한 글자 한 글자가 나에게는 힘이 되어 주었다. 나를 응원해 주는 사람이 있다는 사실에 행복함을 느꼈다.

문득 배우를 꿈꾸며 교수님으로부터 전과 서류에 사인을 받던 게 그리스 신화의 나오는 판도라처럼 제우스에게 받은 상자를 열어 버린 것일지도 모른다는 생각이 들었다. 그동안 상자 안에서 튀어나온 미움, 고통, 질투 등등이 나를 힘들게 했지만 상자 속에 마지막으로 남아 있는 희망을 생각하며 편지를 손에 꼭 쥐고 스스로를 달랬다. 지금 겪는 것들이 너무 괴롭지만, 어쩌면 그게 나를 더 강하게 해서 언젠가 훌륭한 배우로 만들어 주는 판도라(선물)가 아닐까.

그런 생각을 하며 집으로 향했다.

나는 희망을 담은 세상에서 가장 큰 차에 타고 있었다. 그리고 오늘보다 나은 내일을 기원했다. 나를 비롯한 이 훌륭한 슈퍼카에 타고 있는 젊은 청춘들을 위해.

죽는 날까지 하늘을 우러러
한 점 부끄럼이 없기를
잎새에 이는 바람에도
나는 괴로워했다.
별을 노래하는 마음으로
모든 죽어 가는 것을 사랑해야지.
그리고 나한테 주어진 길을
걸어가야겠다.
오늘도 별이 바람에 스치운다.

– 윤동주의 「서시」 전문

아이언맨

늘 그랬듯이 연습 시간보다 일찍 극장에 도착했다. 이 층의 본 극장과 붙어 있는 사무실로 가 직원들에게 인사를 하고 지하극장으로 내려갔다. 암묵적인 약속이랄까. 우리는 항상 본 공연을 하는 이 층보다는 지하에 있는 극장에서 연습하는 것을 선호했다. 아마도 연습하는 소리가 사무실에 들리는 것이 싫어서 그랬던 것 같다.

그곳에 가면 항상 나보다 조연출이 먼저 와서 청소를 하고 있었다. 공식 연습 시간보다 한 시간 일찍 오는 나보다 삼십 분 정도 더 일찍 와서 청소를 하는 것 같았다. 아르바이트만 아니면 두 시간 먼저 가서 청소를 해 놓고 싶지만 그럴 수가 없었다. 미안한 마음에 항상 커피를 사 들고 극장으로 갔다. 그 때마다 그는 멋쩍은 웃음으로 커피를 건네받으며 이런 걸 왜 사 오느냐고 말하면서도 싫지는 않은 눈치였다.

마무리 청소를 돕고 나서 함께 연기 연습을 시작했다. 연습을 하다가 명문대생인 그에게 조연출이 된 이유를 물었다. 그는 배우가 꿈이었지만 재능이 없음을 깨닫고 연출을 공부하기 시작했다고 했다. 무대에 서서 연기를 하는 배우들이 너무 부럽고 대단한 것 같다는 그의 표정에서 쓸쓸함이 묻어났다. 나는 그에게 지금은 우리가 경력도 없고 별 볼 일 없는 사람이지만 열심히 해서 꼭 성공한 연출가와 배우가 되자고 했다. 그러자 그는 표정이 밝아지더니 나를 별 볼 일 없는 사람이 아니라 에너지가 넘치는 배우라며 나중에 같이 일을 하게 되면 좋겠다고 했다.

정식 연습 시간이 되자 영화를 하던 C가 왔고 10분 정도 지나서 여배우가 도착했다. 조연출은 오늘 연습 인원이 이게 다, 라고 하면서 오늘은 유난히도 출석률이 낮다고 머쓱한 표정을 지었다. 대본을 보지 않고 중간까지 배역을 바꿔 가면서 연습을 했다. 두 번 정도 반복하고 나니 한 시간가량 흘렀다. 점심시간이 되어서 나는 식권을 받으러 사무실로 올라갔다. 사무실엔 연출이 에어컨을 빵빵하게 틀어 놓고 컴퓨터 작업을 하고 있었다.

"연습 잘하고 있지? 열심히 해! 밥은 주잖아!"

연출은 오늘은 출석률이 왜 이렇게 저조하냐면서 불시에 보러 갈 테니 연습을 열심히 하라고 했다. 나는 감사하다는 말을 하고 식권을 받아들고 나왔다.

극장 앞에 있는 나무 밑 그늘에서 조연출과 C, 그리고 여배우가 나를 기다리고 있었다. C는 스케줄이 있어서 오늘 연습은 여기까지 해야 할 것 같다고 했다. 자신의 식권은 우리가 사용해도 좋다면서.

덕분에 반계탕을 하나 더 시킨 우리는 다른 날보다 더 풍요롭게 식사를 할 수 있었다. 식사를 하면서 여배우에게 B의 근황을 물었다. 회사 사정상 그가 출연할 공연 일자가 앞당겨져 첫 공연이 내일인데도 요즘 연습에 잘 참여하지 않았다. 공연 전날인 오늘까지도. 순간 그녀의 표정이 어두워졌다.

"잘 모르겠어…."

그녀의 대답에 희미한 슬픔이 느껴졌다. 나는 조연출에게 C가 하는 쇼핑몰의 옷들이 예쁘다고 화제를 돌렸다. 판매가의 50프로 할인된 가격으로 살 수 있게 해 주겠다는 C의 말을 덧붙이며. 그리고 핸드폰으로 홈페이지에 들어가 조연출과 나는 서로에게 어울리는 옷들을 추천했다. 식사 후 커피를 한 손에 들고 극장으로 향했다.

누구에게나 그렇듯 나른한 오후였다. 나와 조연출은 비흡연자였지만 흡연자인 그녀를 위해 흡연 장소인 극장 뒤편으로 갔다. 그녀가 담배를 피우는 동안 나는 지하극장 후문 앞에 쌓인 모래주머니에 앉아 앞에 서 있는 조연출과 오후 연습을 어떻게 할 것인가에 대해서 이야기를 나누었다. 그는 비어 있는 C의 배역은 자신이 맡고 처음부터 연습을 해 보자고 제안했다. 나는 그에게 오늘을 계기로 배우로 복귀하는 게 아니냐며 낄낄거렸다.

"맥주 한잔할래요?"

여배우가 다가와서 말했다. 우리는 놀라서 그녀를 바라보았다. 그녀의 말은 진심인 것 같았다. 나는 홍일점인 그녀가 기운이 없는 것 같으니 마로니에 공원에 가서 맥주 한 캔씩만 마시자고 했다. 조연출은 내 말에 당황하며 잠시 고민하다가 가끔 이런 연습도 좋을 것 같다면서 고개를 끄덕였다.

편의점으로 가면서 그녀와 나는 대학교 때 술을 마시고 연습했던 기억들을 주고받았다. 이공계 출신인 조연출은 잘 이해하지 못하는 것 같으면서도 우리의 대화를 관심 있게 들었다. 그러다가 우리가 연습을 하고 있는 작품을 했던 배우 중에서 술을 마시고 취한 상태로 공연을 하다가 망친 적이 있다는 이야기를 했다. 연출이 분노를 참지 못하고 그를 잘랐다는 이야기에 우리는 잠시 숙연해졌다.

편의점에 도착했을 때 음악 소리가 들렸다. 마로니에 공원에서 작은 클래식 음악회를 하고 있었다. 맥주는 내가 살 테니 그들에게 좋은 자리를 잡아 놓고 기다리고 있으라고 했다. 그녀는 빨리 오라고 하고는 신이 나서 조연출을 끌고 마로니에 공원으로 달려갔다. 나는 혹시 몰라서 넉넉하게 맥주 다섯 캔을 샀다. 조연출과 여배우의 몫 각 두 캔과 나의 몫 한 캔이었다.

마로니에 공원으로 가니 사람들이 많았음에도 불구하고 좋은 자리에 그들이 앉아 있었다. 맥주 두 캔씩을 건네자 그들은 환하게 웃으며 센스가 있다고 내게 말했다. 곧바로 캔을 깐 나는 벌컥벌컥 맥주를 마셨다. 과거 마로니에 공원에서 홀로 연습하던 때가 떠오르며 지금 눈앞에 펼쳐진 광경과 대비되었다. 라이브로 연주하고 있는 클래식 음악과 살랑살랑 불어오는 바람, 공연을 보며 두 손을 꼭 잡고 있는 연인들과 사이좋아 보이는 가족들.

"아빠, 이 음악 제목이 뭐야?"

옆에서 아빠의 어깨에 목마를 탄 채 공연을 보고 있던 아이가 물었다.

"모르겠네, 엄마한테 물어봐."

아빠의 대답에 엄마도 아이의 시선을 피했다. 아이를 위해 내가 그들 대신 대답했다.

"〈죽은 황녀를 위한 파반〉이라는 곡이야."

클래식에 깊은 조예는 없지만 사티 1번과 그 곡을 좋아하던 나는 평소 자주 듣지 못했던 그 곡이 흘러나오는 것만으로도 반가웠다.

맥주를 마시며 주변을 둘러보았다. 모여 있는 사람들 모두가 행복해 보였다. 내 옆에서 모든 걸 잊고 맥주를 마시며 클래식 음악을 듣고 있는 동료들도 그 순간만큼은.

남아 있는 맥주를 버리긴 아깝지 않느냐며 우리는 각자 맥주 캔을 들고 지하 극장으로 향했다. 극장에 도착해서 나는 남은 맥주를 한 번에 다 마신 후 몸을 풀면서 연습 준비를 했다.

"오빠, 얼굴이 왜 이렇게 빨개?"

그녀가 놀란 얼굴로 물었다. 술이 약한 내가 오랜만에 맥주를 마셔서 얼굴이 붉어진 모양이었다.

"많이 빨개?"

그녀는 대답 없이 웃고만 있었다. 조연출은 내가 술자리에 참가하지 않은 이유를 이제야 알겠다면서 호탕하게 웃었다. 그러면서 눈이 풀리고 눈 주변도 빨개졌으니 화장실에 가서 거울을 보라고 했다. 그 말을 듣고 화장실에 가려는데,

"연습 잘들 하고 있냐? 한번 볼까?"

평소에 워커를 신고 다니는 연출이 터벅터벅 발소리를 내며 계단을 내려오고 있었다. 순간, 조연출이 사색이 된 표정으로 내게 무대 뒤편에 있는 비상구를 가리키며 복화술로 도망치라고 했다. 나는 놀랐지만 재빠르게 비상구 문을 열고 숨었다.

거의 비슷한 타이밍에 연출이 문을 열고 들어오는 소리를 들었다. 연출은 조연출과 여배우에게 밥 잘 먹었느냐는 질문을 하다가 여기서 술을 마셨냐며 화를 내기 시작했다. 아마도 맥주캔을 발견한 모양이었다. 조연출은 밖에서 마시고 남은 것을 들고 왔다고 차분하게 대답했다. 그러자 연출은 왜 술을 마셨냐고 계속 따졌고 조연출도 배우의 한계를 끌어내기 위해서 술을 마시게 했다고 응수했다. 그 말에 연출은 연습이 장난이냐며 대표의 소개로 들어온 게 아니었다면 잘라 버렸을 거라며 언성을 높였다.

연출은 극장이 개판이라며 여전히 흥분을 가라앉히지 못했다. 오전 연습을 끝내고 정리를 말끔히 하지 않고 밥을 먹으러 갔던 것이다. 연출은 워커를 바닥에 끌며 극장 여기저기를 돌아다니면서 소리를 질렀다.

"여기도 정리하고."

"이거 치우고."

"여긴 왜 이렇게 더러워?"

그의 목소리가 점점 내게 가까워졌다. 무대 쪽으로 다가오는 것 같았다.

나는 정신을 차리고 그곳을 빠져나가기 위해 주변을 둘러보았다. 그곳은 극장 뒤편에 있는 문으로 올라가는 복도식 계단이었다. 다행히도 천장이 플라스틱으로 된 투명 유리여서 어듭진 않았다. 하지만 꽤 오랜 시간 사용하지 않아서 먼지가 가득하고 전에 썼던 공연 포스터들이 내 허리 높이만큼 쌓여 있었다. 공연 포스터와 함께 널려 있는 잡동사니들이 퀴퀴한 냄새를 풍겼고 계단 끝 뒷문으로부터 흘러들어 오는 담배 냄새가 역했다.

아까보다 연출의 목소리가 더욱 크게 들렸다. 바로 내가 서 있는 문 너머까지 온 것 같았다. 나는 신발을 벗어 양손에 들었다. 그리고 최대한 소리가 나지 않게 잡동사니들을 헤치며 계단을 올라가 뒷문 손잡이의 잠금 장치를 풀고 문을 열려고 했다. 그런데 철로 된 문이어서 무겁기도 했겠지만 문 앞에 무언가로 인해 열리지 않는 것 같았다. 순간 사람들이 담배를 피울 때 앉아 있던 모래주머니들이 문 앞에 쌓여 있었던 게 떠올랐다.

"비상 통로도 청소하라고 몇 번이나 얘기했는데 왜 아직도 안 됐지? 극장장 이건 뭐하는 놈이야?"

연출의 성난 목소리가 쩌렁쩌렁 울렸다. 나는 다시 신발을 신고 더 힘을 실어서 문을 밀었다. 조금씩 반응이 오는데 밑에 있는 비상계단 문이 열렸다.

"어휴, 이 먼지 좀 봐!"

연출이 먼지 때문에 차마 들어오지 못하고 열린 문 앞에서 고함을 쳤다. 나는 전력을 다해 사람 한 명 정도 나갈 수 있는 틈을 겨우 만들어 밖으로 나왔다.

정신을 차리고 보니 온몸이 땀과 먼지로 범벅이 돼 있었다. 옆 건물 주차장 관리 요원 아저씨가 파라솔 그늘에 앉아 부채질을 하며 나를 바라보았다. 나는 목례를 한 후 무너져 내린 몇 개의 모래 포대를 다시 쌓아 놓았다. 모래 포대에 앉아 땀을 식히고 있는데 뒤에서 문을 열려고 하는 기척이 느껴졌다.

"이거 왜 안 열려? 불나면 어쩌려고 그래?"

등 뒤에서 연출의 성질내는 소리가 들렸다. 나는 놀라서 벌떡 일어났다가 다시 모래포대에 앉아 문이 열리지 않게 힘을 주었다. 몇 번 문을 열려고 시도하던 연출은 결국 포기하고는 개판이네, 하고 투덜대며 밑으로 내려갔다. 나는 한참 동안 문에 귀를 대고 그가 완전히 내려간 것을 확인한 후에야 안도의 숨을 내쉬었다.

그러나 연출이 열리지 않는 뒷문을 확인하러 금방이라도 이곳으로 올 것 같다는 생각이 들었다. 집으로 가 버릴까 생각을 했지만 가방과 핸드폰을 지하 극장에 두고 와서 그럴 수도 없었다. 옆 건물 이 층으로 올라가 숨어서 창문으로 연출이 뒷문으로 언제 오는지를 지켜보았다. 조금 시간이 지나자 조연출과 여배우가 뒷문 근처로 나타났다. 나는 창문을 열고 조용히 그들을 불렀다. 그들은 내 목소리에 두리번거리다 이 층에 있는 나를 발견하고는 웃으면서 빨리 내려오라고 했다.

“어떻게 안 걸린 거예요? 거기서 어떻게 나왔어요?”

조연출이 내 가방과 휴대폰을 건네며 물었다.

“간절하게 바라면 뭐든 이루어지는 법이에요.”

내 말에 조연출은 의아한 표정으로 계속 묻다가 내가 알려 주지 않을 것 같자 연출이 오늘 연습은 여기까지 하라고 지시했다는 말을 전했다. 고생했다는 인사를 하고 조연출은 사무실로 올라갔고 나와 여배우는 버스정류장에서 헤어졌다.

다음 날, B의 첫 공연을 보러 갔다. 관객 중 관계자는 나와 여배우뿐, 아이돌 출신 A와 영화배우 C는 관람석에 없었다. 그들은 지하 극장에서 조연출과 연습을 하고 있었다. B는 연습에 참여를 많이 하지 않아서 걱정이 되었지만 전부터 하고 있던 다른 배우들이 잘 받쳐 주었다. 그런데 내가 놀랐던 것은 B가 몇 번 대사를 까먹었을 땐 ‘제 대사가 뭐였죠?’라고 상대방 배우들에게 물어보면서 위기에 대처하며 무사히 넘어갔던 점이었다. 누군가에게는 그 모습이 불편할 수도 있었겠지만 얼마 전 바람잡이를 하면서 실수를 했던 나는 그런 여유가 부러웠다.

공연이 끝나고 나와 여배우는 그를 축하해 주러 갔다. 그리고 실수 장면에 대해 이야기 하면서 그에게 여유 있게 연기를 할 수 있는 비결을 물었다.

“그냥 막 해, 별거 없어.”

B는 연기를 취미로 하는 것이기 때문에 부담감이 없다고 했다. 그러면서 나에게도 편하게 연기를 하라고 조언해 주었다.

그날은 한동안 그랬던 것처럼 혼자 버스를 탔다. 여배우는 B와 함께 집으로 향했을 거라는 생각이 들었다. 사실, 이제는 그녀와 외치던 구호를 듣고 싶지가 않았다.

그리고 며칠 후, B가 그만둘 거라는 얘기를 조연출에게서 들었다. 이유는 잘 모르겠지만 집안일 때문인 것 같다고 했다. 그리고 얼마 지나지 않아 여배우도 연습 참여가 뜸해지더니 작품을 그만두었다. 그러면서 내게 메신저로 이젠 배우 일을 그만하겠다며 함께 연습하던 시간들이 즐거웠다는 연락을 보냈다.

'성공하자, 오빠.'

마지막 문장은 늘 정류장에서 외치던 그 구호였다.

그 둘이 없어도 남아 있는 사람들은 묵묵히 연습했다. 그런데 이상하게도 한동안 연습이 끝나고 돌아가는 길이 쓸쓸하게 느껴지지 않았다. 나는 생각보다 떠난 그들의 빈자리가 크지 않다고 자신에게 말했다. 슬퍼할 필요가 없다는 말도.

첫 공연이 얼마 남지 않은 어느 날. 그날은 아무도 없이 혼자 연습을 하고 있었다. 조연출이 없었지만 연락을 하지 않았다. 무슨 일이 있지 않은 이상 오지 않을 사람이 아니었다. 저녁을 먹고 지하 극장에서 혼자 연습을 하고 있는데 조연출이 잔뜩 취해서 내 앞에 나타났다.

"저, 여기 그만둡니다."

항상 올곧고 단정하던 사람이 이렇게 흐트러져서 나타난 것도 놀라운데 그만둔다는 말은 더 충격적이었다. 나는 거두절미하고 이유를 물었다. 그는 내 눈을 피하며 땅만 보고 있었다. 그러다가 자기가 힘이 없어서 미안하다는 말을 반복했다. 그러고는 자기 입으로는 말을 할 수가 없다며 연출에게서 곧 연락이 올 거라고 했다.

나는 그의 말이 무슨 뜻인지 이해가 가지 않았다. 그에게 객석에 앉아서 쉬고 있으라고 하고 이 층에 있는 사무실로 올라갔다. 다른 직원들은 퇴근하고 없었고 연출이 혼자 작업을 하고 있었다. 그는 나를 보더니 마침 잘됐다며 할 말이 있으니 옆에 앉아 보라고 했다.

연출 옆 책상에 있는 의자를 그의 옆에 놓고 앉았다. 그는 현재 내가 연습을 하고 있는 배역이 아닌 다른 배역을 새로 연습했으면 좋겠다고 했다. 그 이유는 A와 C를 빨리 올려야 하기 때문이라는 것이었다. 조연출은 나를 먼저 올려야 된다고 했지만 회사 사정상 그럴 수가 없다고 했다. 그리고 새로 연습한 배역을 빨리 준비해서 두 달 정도 지방 공연을 갔다 오라고 했다.

나는 그때서야 조연출이 나에게 했던 말의 의미를 알 것 같았다. 지금까지 연습한 시간과 노력이 너무 아까웠다. 화가 났지만 담담하게 그럴 수 없다는 말과 함께 이곳을 그만두겠다고 했다.

"밥은 먹여 주셔서 감사합니다."

연출에게 정중하게 인사를 하고 사무실을 나와 조연출이 있는 지하 극장으로 내려갔다. 조연출은 객석에 앉아 끔벅끔벅 졸고 있었다.

"연출한테 혼나면 어떡하려고 그래요?"

내 말에 잠을 깬 조연출이 고개를 쳐들었다.

"누구요? 그 노총각 아저씨요?"

나는 웃으면서 손을 내밀었고 그는 내 손을 잡고 일어났다. 그는 먼저 나가서 극장 앞에 있겠다고 했다. 조연출이 나가고 나는 극장에 있는 개인 짐을 챙겼다. 홀로 짐 정리를 하면서 정이 들었던 극장을 둘러보았다. 연습할 공간이 있었다는 것이 너무 감사하고 고마운 일이었다고 생각하며 극장을 나왔다. 극장 계단에서 우연히 극장장을 만났다.

"너 지방 공연 간다며?"

나는 씁쓸히 웃으며 그렇게 정해져 있던 것 같지만 그만두기로 했다고 답했다. 조금 놀란 표정으로 나를 바라보는 그에게 그동안 고마웠다고 인사했다. 그리고 술과 야식으로 살이 쪄가는 그에게 건강을 위해서라도 살을 좀 빼시는 게 어떻겠냐고 말했다. 그는 하고 싶은 대로 살 것이라며 웃었다.

건물 밖으로 나오자 극장 앞에 있는 가로등 밑에서 조연출이 나를 기다리고 있었다. 나는 말없이 그에게 다가가서 악수를 청했다. 그는 벌건 얼굴로 눈물을 글썽이며 내 악수를 받아 주었다.

"술 한잔할까요? 제가 사겠습니다."

술을 사겠다는 조연출의 말에 나는 다음을 기약하자고 했다.

"술은 다음에 즐거운 일로 마셔요."

기쁠 때 마시는 술맛이 더 좋다고 생각했기에 그렇게 하고 싶었다. 슬픈 눈을 하고 있는 조연출은 나에게 하고 싶은 말이 많은 눈치였다. 나 때문에 슬퍼하는 사람을 위로한다는 게 아이러니한 일이었지만 나는 그를 달랬다. 그리고 열심히 해서 훌륭한 배우가 되어 소속사가 있는 배우들한테도 밀리지 않을 거라고 약속을 하고 그와 헤어졌다.

극장을 등지고 걷는데 그동안 있었던 일들이 머릿속을 스쳐 지나갔다. 그때,

"멋진 배우가 되실 거예요, 형님!"

조연출이 멀리서 나를 향해 손을 흔들면서 외치고 있었다. 그의 입에서 나온 '형님'이라는 말이 어색했지만 나는 가벼운 목례를 한 후 버스 정류장으로 향했다.

들고 있는 짐보다 훨씬 무거운 마음을 안고 버스를 탔다. 얼마쯤 시간이 흘렀을까. 내가 좋아하는 〈죽은 황녀를 위한 파

반〉이 버스에서 흘러나왔다. 순간 마로니에 공원에서 조연출과 여배우와 함께했던 기억들이 떠올랐다. 즐거웠던 기억을 떠올리는데 마음이 슬픈 이유를 알 수가 없었다.

음악이 끝나자 라디오 DJ가 작곡가 '라벨'에 대해서 이야기했다. 항상 입상에 실패했던 라벨이었지만 그를 인정해 주는 좋은 스승을 만난 후부터 입상을 하며 빛을 보기 시작했다는 얘기였다. 나도 언젠가 좋은 스승을 만나서 배우로서 더 성장하고 싶었다.

집에 도착해서 부모님에게 자초지종을 설명했다. 부모님이 잘 그만뒀다는 말씀을 해 주셔서 마음이 편안했다. 역시 가족이 최고라는 생각이 들었다. 싱숭생숭한 마음으로 침대에 누워 잠을 청하는데 조연출에게서 연락이 왔다. 소방 공무원을 준비할 거라는 것이었다. 열심히 해서 꼭 소방 공무원이 됐으면 좋겠다는 말을 전했다. 그는 공무원이 돼서 내가 하는 공연을 꼭 보러 가겠다고 했다.

'서로 약속 꼭 지킵시다.'

이렇게 상처가 났다가 아물었다가 반복하다 보면 언젠가는 철처럼 단단한 사람이 되지 않을까. 그 어떤 일에도 아파하지 않고 흔들리지 않는 철의 남자가 되고 싶다는 생각을 하다가 뺨에 흐르는 눈물을 닦았다. 꼭 그런 날이 왔으면 좋겠다고 생각했다.

뮤지컬 〈근초고〉 (2015)

뮤지컬 〈사랑을 이루어 드립니다〉 (2018)

어렵고 힘들어도

포기하지 않은 자신에게 고마움을 느꼈다.

무대 위에서 내려다본 마로니에 공원은 너무나 아름다웠다.

그리고 쿳노래를 불렀다. 내 노래가 공원 전체로 울려 퍼져 나갔다.

'이 노래가 바람에 실려 멀리 더 멀리

지구 반대편까지 퍼져 나가길….'

part 3

바람의 노래

어느 연극배우의 초상

제대를 하고 팔 개월 정도 지나서야 겨우 본격적인 무대에 설 수 있었다. 천오백 석의 큰 극장에서 올리는 공연이기에 그 무대를 밟는다는 것만으로도 나는 가슴이 벅찼다. 이탈리아에서 온 연출은 내가 에너지가 좋다며 왕의 호의무사 역할을 맡겼다. 큰 창을 들고 부동자세로 왕 뒤에 서 있는 게 쉬운 일은 아니었지만 나는 너무 행복하게 공연을 할 수 있었다.

열흘에 걸친 공연이 끝나자 추운 겨울이 왔다. 날씨는 매섭게 차가웠지만 내 마음은 오월의 봄처럼 따뜻했다. 운 좋게도 서울시에서 하는 뮤지컬 오디션의 합격 연락이 온 것이다. 노래 레슨을 받으면서 오디션 준비를 했던 시간들이 헛되지 않았다는 생각이 들었다.

첫 연습 때 배우들을 포함한 모든 스태프들이 모여서 간단한 자기소개를 했다. 나는 스물아홉의 나이에도 막내급인 것이 놀라웠지만 그보다 더 놀라운 것은 연출님이 유명한 작곡가였던 것이다. 그는 인자한 미소로 나를 볼 때마다 음색이 좋다는 말을 했다. 그때 깨달았다. 사람은 칭찬을 들어야 성장한다는 것을.

연출님의 칭찬 효과가 먹혔던 것일까. 나는 공식 연습 시간보다 일찍 가서 미리 연습을 해야겠다고 생각했다. 공식 연습 시간이 열두 시임에도 불구하고 아홉 시를 조금 넘어 극장에 도착했다. 스무 명이 넘게 써도 충분할 법한 넓고 좋은 대기실이었다.

'오래 살다 보니 이런 날도 오는구나.'

짐을 내려놓고 대기실부터 무대까지 쓸고 닦은 후에 노래 연습을 시작했다. 오백 석 규모의 큰 극장이었음에도 내 목소리가 객석 전체로 퍼지는 게 느껴졌다. 지금은 배역들 뒤에서 춤추고 코러스를 넣어 주는 앙상블이지만 나도 언젠가 많은 사람들 앞에서 내 솔로곡을 부를 수 있는 배우가 되어야겠다고 다짐했다.

"청소를 누가 해 놨네?"

환경미화를 하는 여사님이 대기실을 통해 무대 쪽으로 왔다. 그리고 청소를 미리 다 해 놔서 고맙다며 밝게 웃었다. 나는 앞으로 매일 일찍 와서 청소를 할 테니 대기실과 무대는 청소하지 않아도 된다고 말했다. 여사님은 안 그래도 된다고 하면서도 즐겁게 콧노래를 부르며 객석을 청소하기 시작했고, 나는 계속 무대 위에서 노래를 불렀다. 한 시간 정도 연습을 하고 나니 여자 주인공 선배가 극장으로 들어왔다.

"일찍 왔네."

"좋은 아침입니다, 선배님."

그녀는 나에게 언제 적 사람이냐며 웃었다. 그리고 요즘 누가 선배님이라는 호칭을 붙이냐면서 '누나'라고 불러 달라고 했다. 왜 이렇게 일찍 왔느냐는 그녀의 질문에 혼자 연습을 하기 위해서라고 대답했다. 그녀는 자신이 출연한 대극장 작품에서 주인공 역할을 맡았던 유명 배우들의 일화를 들려주었다. 성공한 사람들은 모두 그렇게 열심히 했다면서. 그리고 열심히 해서 꼭 훌륭한 배우가 되라고 말했다.

"열심히 하겠습니다, 선배님!"

그리고 노래 연습을 하고 있는데 얼마 후 배역을 맡은 배우들이 극장으로 들어왔다. 그들은 요가를 하고 있는 여선배에게 인사를 한 후 의아한 표정으로 나를 보며 왜 이렇게 일찍 왔냐며 물었다. 나는 아까와 같은 대답을 하고 난 후 그들과 함께 노래 연습을 했다.

얼핏 들어도 노래를 참 잘하는 사람들이었다. 가창력도 좋았지만 음색이 깨끗하고 예뻤다. 속으로 기가 죽었지만 나도 지고 싶지 않아서 내가 제일 잘하는 노래를 공식 연습 시간까지 불렀다.

배역을 맡은 사람들은 그전부터 서로 잘 알고 있는 사이 같았지만 나는 초면이라 사실 좀 어색했다. 그럼에도 아침마다 일찍 나와서 함께 연습을 하자 자연스럽게 친해지게 되었다. 배역을 맡은 선배들은 주로 대극장에서 공연을 했던 사람들이었다. 유명한 작품들을 했기 때문인지 자기 관리가 철저하고 프로 정신이 투철했다. 몇몇 배우는 목이 건조해지기 때문에 커피도 마시지 않는다고 했다. 하루에 커피를 서너 잔은 기본으로 마시는 나로서는 이해가 가지 않았다. 나는 그들에게 어떻게 그렇게 사느냐고 물었다.

"프로니까."

그 한마디에 할 말을 잃었다. 나도 술 담배는 하지 않았지만 자기 관리를 위해서가 아니라 체질에 맞지 않았던 것뿐이었다. 순간 내가 그들과 같은 무대를 선다는 것이 미안하고 부끄러웠다. 그들이 크고 좋은 무대에서 공연을 설 수 있는 이유는 그만큼 노력하고 인내하기 때문이었던 것이다.

그들은 노력하지 않으면 도태된다는 말도 했다. 배우들은 누구나 서로 경쟁자이며 경쟁에서 살아남기 위해서는 다른 이

들에게 없는 특별한 무언가를 가져야 한다는 것이었다. 지금까지 그런 이야기를 해 주는 사람들이 없었기 때문에 그 조언들은 내게 너무 고마운 것이었다. 한편으로 내가 저렇게 살 수 있을까 하는 의구심이 들기도 했다.

나는 더 일찍 나와서 연습을 했다. 그들 옆에서 미숙하게 부르고 싶지 않았던 것이다. 극장이 문을 여는 시간에 맞춰 나와 청소를 한 후에 아직 연습이 덜된 노래들부터 부르다가 그들이 올 때쯤엔 어느 정도 자신 있는 노래를 불렀다.

그런 내 패턴이 반복되자 왕자 역을 맡은 선배가 새로운 노래를 연습해야 한다며 몇 개의 뮤지컬 넘버들을 추천해 주었다. 그때부터는 그 노래를 연습하고 배역을 맡은 선배들이 오면 그들에게서 조금씩 지도를 받았다. 왕자 역할을 맡은 선배는 나를 보며 과거의 자신이 생각난다며 열심히 노래를 지도해 주었다. 그러면서 자연스럽게 그와 친해졌고 실력으로나 인성으로나 부족함이 없는 그를 존경하게 되었다. 그리고 언젠가 이 사람처럼 배역을 맡게 되면 후배들에게 존경받는 선배가 되어야겠다고 생각했다.

반면에 공식 연습 시간이 될 쯤에야 도착하거나 조금 지각을 하는 사람들은 나와 같은 앙상블들이었다. 그들은 나와 같이 대학로에서 활동하고 있는 배우들인데 술을 참 좋아했다. 거의 새벽까지 술을 마시고 왔지만 놀랍게도 막상 연습에 들어가면 눈빛이 달라지면서 자신들의 본분인 몸을 쓰는 일을 너무나 도 잘 해냈다. 그러고 나서는 나를 향해 말했다.

"봤어? 쩔지?"

나는 대단하다고 그들에게 박수를 쳐 주었지만 전날 술을 마시고 연습에 참여하는 것이 프로 정신이 강하고 부지런한 배역 선배들에게는 용납되지 않는 모양이었다. 배역을 맡은 여선배들 중 한 명이 내게 귓속말로 말했다.

"너는 저 사람들처럼 살면 안 돼."

나는 웃으면서 '네'라고 조용히 대답했지만 왠지 그들이 싫지 않았다. 아마 나와 같이 대학로에서 활동하는 그들에게 정이 가는 점도 있었겠지만 주조연 배우들과 또 다른 배울 것들이 있었기 때문이다.

앙상블 선배들은 연습이 끝나면 항상 술을 마시러 갔다. 그리고 연습 때 할 수 없었던 말들과 속내들을 털어놓았다. 사람 대 사람으로서 가까워지기 위한 노력을 술자리를 통해서 하는 것 같았다.

가끔 그들과 술자리를 함께했다. 그러나 술이 약한 나는 거의 마시지 않고 매번 오후 열 시가 되기 전에 귀가했다. 그런 점이 그들에겐 서운한 부분인 것 같았다. 그럼에도 쉬는 날에는 같이 일일 아르바이트를 하거나 축구를 하면서 나름대로 그들과 감성을 공유하려고 노력했다.

연습을 하면서 실력이 늘어 가는 것을 확실히 느낄 수 있었다. 특히 왕자 역을 맡은 선배에게서 많은 것을 배웠다. 그가 홀로 연습하는 모습과 전체 연습을 할 때의 모습 하나하나를 담아내기 위해서 노력했다. 공주와 노래를 부르는 그의 모습을 보면서 병사인 나도 언젠가 저 사람처럼 솔로곡도 부르고 대사도 많이 하는 배우가 되리라 다짐했다.

그러던 어느 날, 주말은 열두 시 공연이기 때문에 오전 아홉 시에 연습을 시작했다. 왕자 역의 솔로 곡을 주로 연습했다. 뒤에서 볼 때는 그렇게 어려운 곡이라고 생각되지 않았는데 막상 불러 보니 쉽지 않았다. 다시 한 번 왕자 역을 맡은 선배가 노래를 참 잘한다는 생각이 들었다. 내가 왕자라는 상상을 하며 솔로 곡과 공주와 함께 부르는 듀엣 곡을 텅 빈 극장에서 부르고 있는데,

"일찍 왔구나."

객석 끝의 문이 열리더니 누군가가 들어왔다. 조명 때문에 잘 보이지 않아 무대에서 내려가 확인하니 연출님이었다. 나는 이른 시각에 그가 이곳에 나타난 데 놀라며 객석 중간까지 내려온 그에게 달려갔다. 그는 못 볼 사람을 본 것도 아닌데 뭘 그리 놀라느냐며 가볍게 웃었다. 그러면서 내가 아침마다 일찍 나와서 연습한다는 이야기를 들었다고 했다. 어떻게 알았냐고 물어보자 연출은 눈과 귀가 백 개씩 있다고 했다.

"다음 작품 정해졌니?"

"아닙니다. 오디션 준비하고 있습니다."

"오디션을 왜 봐? 나랑 다음 작품 해야지?"

"네?"

나는 무슨 말인가 싶었다.

그는 자신의 차기작에서 소년병 역할로 나를 캐스팅하고 싶다고 했다. 그가 설명하는 차기작은 인천시에서 대대적으로 투자를 받아 올리는 작품이었다. 그는 간단하게 시놉시스를 설명하면서 지금 공연보다 큰 규모로 만들 예정이라 연습이 더 힘들 테니 마음의 준비를 하고 있으라는 것이었다.

믿기지가 않았다. 생각지도 못한 연출님의 제안에 나는 너무 기뻐서 허리를 굽히고 큰 소리로 감사하다는 인사를 했다. 그는 내가 성실하게 공연을 준비해 왔기 때문에 상을 주고 싶었다고 했다. 그리고 이미지와 음색도 어울린다고 하면서 내 어깨를 토닥였다. 나에게 걸고 있는 기대가 크다는 말과 함께 남은 공연도 열심히 하라는 말을 덧붙이면서.

"그래도 오디션은 봐야 된다!"

"열심히 준비하겠습니다."

그는 다시 한 번 내 어깨를 토닥인 후 뒷짐을 지고 껄껄껄 웃으며 극장 밖을 나갔다. 그가 나가고 난 후 나는 맨 앞줄 가장 바깥쪽에 있는 객석에 앉았다. 어쩌면 나는 이 순간을 위해서 배우를 시작한 걸지도 몰랐다. 눈물이 흘렀다. 그리고 항상 묵묵히 나를 응원해 준 가족들, 젊었을 때는 하고 싶은 것을 해야 한다는 교수님이 떠오르며 지금까지 마음이 아프고 다쳐도 포기하지 않은 게 다행이다 싶었다. 내가 존경하는 사람이 나를 필요로 한다는 것. 그것이야말로 내가 배우로서 존재하는 이유가 아닐까 하는 생각도 들었다.

"너 오늘 날아다니던데, 무슨 일 있어? 눈빛도 달라진 것 같고."

공연이 끝나자 선배들이 내가 달라진 것 같다고 했다. 지금 배역을 맡고 있는 사람들을 당장 실력으로 이길 자신은 없었다. 대신 이번 작품을 통해 앙상블을 맡은 사람들 중에서 최고가 되어야겠다는 목표를 마음속에 새겼다.

그들보다 한 발짝이라도 더 멀리, 더 큰 동작으로, 더 부드럽게 움직이기 위해 노력하며 공연에 임했다. 하루아침에 실력이 일취월장할 수는 없었지만 그래도 전보다는 무대에서의 움직임이 편해졌다고 느껴졌다. 선배들도 내게 실력이 많이 늘었다며 칭찬해 주었다. 왕자 역을 맡았던 선배는 더 열심히 해서 다음에 이 작품을 올릴 땐 내가 왕자 역을 했으면 좋겠다는 말에 나는 손사래를 치며 그럴 수 없을 것이라고 말했지만 마음속으로는 '꼭 그렇게 돼야지'라고 외쳤다. 선배는 노력하면 꼭 할 수 있을 것이라며 나를 응원해 주었다.

모든 공연이 끝나고 쫑파티를 할 때에도 그는 같은 말을 하며 나를 격려해 주었다. 나는 다시 한 번 그에게 고마움을 느꼈다.

다음 작품 오디션 지원을 하고 난 후부터 매일매일 오랜 시간을 연습실에서 연습에 몰두했다. 그러다 보니 자신 있는 노래들도 늘어나게 되었다. 연습한 모든 것을 오디션장에서 보여 주고 싶었다. 그래서 한 번도 그런 적이 없었지만 고민 끝에 네 곡의 하이라이트 부분만 편집해서 부르기로 마음먹었다. 그 정도면 내 장점을 충분히 보여 줄 수 있을 것 같았다.

오디션 당일, 많은 오디션 참가자들 중에서 배역을 맡았던 선배들을 포함해 전 작품에서 앙상블을 했던 대부분의 사람들을 만나게 되었다. 반가운 마음으로 인사를 하면서도 그들과 경쟁해서 이길 수 있을지 걱정이 들었다. 이미 연출님이 내게 해 준 말은 잊은 지 오래였다. 순서를 기다리다 내 차례가 되어 오디션장에 들어갔다. 긴 테이블엔 연출님을 필두로 여러 명의 감독들이 앉아 있었다.

'할 수 있어!'

나 자신에게 주문을 걸며 자유연기와 자유 안무를 끝마쳤다. 이어서 준비한 음악의 MR이 흘러나왔다.

간절한 기도 신이여 허락하소서~

(뮤지컬 〈지킬 앤 하이드〉의 〈지금 이 순간〉 중에서)

해맑은 그 미소 눈이 부셔 나의 사랑 수정~

(뮤지컬 〈내 마음속 풍금〉의 〈나의 사랑 수정〉 중에서)

살아 있어~ 이렇게~

(뮤지컬 〈넥스트 투 노멀〉의 〈난 살아 있어〉 중에서)

가야 해~ 저 별을 향하여~

(뮤지컬 〈맨 오브 라만차〉의 〈이룰 수 없는 꿈〉 중에서)

노래가 끝나자 심사위원 전원이 박장대소를 했다. 연출님도 얼굴이 빨개질 때까지 웃으며 누구 아이디어냐고 물었다. 나는 가지고 있는 장점을 다 보여 드리기 위해서 네 곡을 편집해서 준비했다고 대답했다. 음악감독은 웃으며 다른 곳에서는 그렇게 하지 말라고 조언해 주었다.

오디션장을 나오면서야 나는 내가 잘못했음을 깨달았다. 내 다음 순서를 기다리고 있는 대기자들도 웃고 있었다. 너무 창피해서 선배들에게 인사도 제대로 하지 못하고 오디션장을 빠져나왔다.

그날은 하루 종일 왜 그랬을까 후회를 했다.

'떨어졌겠지?'

너무 큰 실수를 한 것 같아 마음이 무거웠다. 큰 기회를 놓친 게 분명하다는 생각에 후회 속에 잠이 들었다.

다음 날 아침, 눈을 떠 보니 문자가 와 있었다.

'축하합니다.'

합격 통지 문자였다.

뮤지컬 <미추홀에서 온 남자> (2015)

눈빛 1

오디션 합격을 하고 설레는 마음으로 공식 연습실로 향했다. 집에서 한 시간 반 정도 걸렸지만 거리는 중요한 게 아니었다. 첫 미팅 때 캐스팅된 배우들을 보니 아는 얼굴이 없었다. 전 작품에 참여했던 배우들 중에서 합격한 사람이 나뿐이었던 것이다. 합격 당시에는 벅차오르는 감정을 주체할 수 없었지만 나만 합격했다는 사실을 알고 나니 전 작품 동료 배우들에게 미안한 생각이 들었다. 그런 만큼 나는 그들의 몫까지 열심히 해야 했다.

전 작품에서 왕자 역을 맡았던 선배에게 연락을 할까 말까 망설이다가 끝내 하지 못했다. 그와 함께 연습했던 시간들 덕분에 조금이나마 내가 배우로서 성장할 수 있었기에 그에게 가장 큰 미안함을 느꼈다. 그의 자존심을 상하게 하고 싶지 않았던 마음도 컸다.

여자 주인공은 뉴질랜드에서 오랫동안 살다 온 배우였는데 음색이 맑고 깨끗했다. 연출님도 여배우의 음색을 많이 칭찬하곤 했다. 그리고 남자 주인공을 맡은 선배는 가창력이 출중했다. 거기에 좋은 신체 조건과 잘생긴 외모를 가지고 있어서 객관적으로 봐도 주인공에 부합하는 멋진 배우였다. 그때 느꼈다. 훌륭한 배우들은 많고 이 사람 또한 언젠가 내가 넘어야 할 산이라고.

전 작품의 배우들과 달리 그곳의 배우들과는 깊게 친해지기 힘들었다. 각자의 개성도 강하고 연기와 노래도 잘했지만 춤을 잘 추는 댄서 느낌의 배우들도 많았다. 또, 남자 배우들은 연습이 끝난 뒤 술을 즐겨했지만 나는 술을 좋아하지 않고 집도 멀었기 때문에 항상 바로 집으로 향했다. 그래서였을까, 술을 좋아하는 배우들끼리 더 친해지고 서로를 이해하는 것 같았다. 그렇지만 나는 억지로 술을 마시면서까지 그들과 친해지고 싶진 않아서 연습에 지장을 주지 않을 정도로만 거리를 유지하면서 지냈다.

안무 감독님은 인천에서 가장 유명한 여성 안무가였다. 퓨전 판타지 성향이 강한 작품이어서 한국무용이 필요한 부분이 많았다. 춤이 부족한 나뿐만 아니라 재즈를 위주로 춤을 추던 다른 배우들도 한국무용을 단기간에 습득하기란 여간 어려운 일이 아니었다. 나를 비롯한 배우들은 잘 따라가지 못했지만 안무 감독님은 항상 온화한 성품으로 차근차근 지도해 주었다.

그럼에도 너무 그림이 나오지 않자 안무 감독님은 한국무용 전공의 무용수가 필요하다고 연출부에 요청했다. 그리고 연출부에서는 배우들과 함께 공연에 참여할 수 있는 전문 무용수를 투입시켜 주기로 약속했다.

일주일이 지나자 약속대로 무용수가 왔다. 이십 대 중반에 키가 작고 아담한 체구의 여성은 머리를 뒤로 묶고 검은색 배기 바지를 입고 있었다. 첫눈에 꾸미는 걸 좋아하는 사람은 아닌 듯했다. 나이도 제일 어리고 연기를 해 본 적이 없는 것 같아서 걱정이 되었다.

H예술대학교 재학 중이라고 자기소개를 한 그녀는 졸업을 앞두고 있다고 약간 퉁명스럽게 말했다. 그리고 빨리 우리들이 연습하는 것을 보고 싶다고 했다.

"그럼 실력 좀 보여 줄까?"

안무 감독님은 우리들에게 그동안 연습한 안무 동작들을 해 보라고 지시했다. 다른 사람은 어떻게 느꼈는지 모르겠지만 내 눈에 그녀는

'이런 것들이랑 같이 무대에 올라가야 돼?'

하는 심정으로 우리를 보고 있는 것 같았다. 우리가 능숙하지 못한 것은 잘못이겠지만, 대놓고 그런 표정을 짓고 있는 모습을 보자 기분이 나빴다. 춤을 추면서 그녀와 눈이 마주쳤다. 순간 그녀는 눈이 커지면서 놀라더니 곧바로 표정을 관리하며 우리들의 춤을 끝까지 지켜보았다.

"어때?"

우리들의 춤이 끝나자 감독님이 상냥한 웃음을 지으며 그녀에게 물었다.

"처음 하는 것 치고는 다들 너무 잘하시네요."

그녀가 희미한 웃음을 지으며 말했다. 그리고 나와 다시 눈이 마주쳤다. 그녀는 재빨리 내 눈을 피했다.

"춤추는 거 보여 주세요!"

배우에게 갑자기 '연기 보여 주세요' 하는 것과 같은 무례한 행동일지 모르겠지만 나는 그녀에게 춤을 보여 달라고 크게 소리쳤다. 주변에 있는 배우들도 내 말에 동조하면서 춤을 보여 달라고 외쳤다. 그러자 그녀는 선심 쓰듯이 '네'라고 대답하고는 스피커와 자신의 핸드폰을 연결했다. 그리고 십 초가량 몸을 풀더니 음악을 틀고 춤을 추기 시작했다.

나는 팔짱을 끼고 그녀를 바라보았다. 흐르는 물처럼 부드럽게 움직이다가 시간이 지나면서 그녀의 움직임은 거친 파도로 변했다. 나는 넋을 놓고 그녀의 춤을 지켜보았다. 마침내 그녀는 사랑스러운 표정과 우아한 동작으로 춤을 마무리 지었다.

"뭐… 잘하네."

음악이 끝나자 휴대폰을 챙기는 그녀를 보면서 나는 혼잣말로 중얼거렸다. 시간이 얼마나 지났는지 모를 정도로 그 순간만큼은 그녀의 춤에 빠져 있었다.

그럼에도 그녀가 마음에 들지 않았다. 그날 이후로 같이 연습을 하면서도 최대한 질문을 하지 않고 눈도 마주치지 않았다. 대신 다른 사람들을 가르치는 것을 훔쳐보면서 스스로 깨우치려고 노력했다.

어느 날 연습을 하던 중 연출님이 오셔서 기존 남자 주인공과 여자 주인공을 제외한 배역들에 대한 내부 오디션을 본다는 말씀을 하셨다. 배우들은 갑자기 보는 오디션에 놀란 눈치였지만 나는 사실 떨리지 않았다. 아니, 어쩌면 이런 순간이 빨리 오길 기다리고 있었다. 주연들만 연습이 있는 날에도 연습실로 찾아가 그들의 상대역을 해 주면서 연습해 왔기 때문이었다.

평소와는 다르게 엄숙한 분위기 속에서 각자 주연들과 리딩을 하고 자유곡을 불렀다. 연출진도 진지한 표정으로 심사를 했다.

그들이 회의를 하는 동안 오디션을 마친 배우들은 밥을 먹으러 갔다. 다들 평소와 다를 것 없이 수다를 떨며 화기애애한 분위기 속에서 밥을 먹었지만, 나는 다른 자리에서 혼자 밥을 먹으며 초조하게 결과를 기다렸다.

식사 후 스태프진과 배우들은 연습실에 앉아 발표를 기다렸다. 잠시 후 연출님이 들어오자 어수선했던 분위기가 적막에 휩싸였다.

"다들 너무 잘해서 누굴 뽑아야 하나 엄청 고민했어."

연출님이 함박웃음을 지으며 말했다.

우리는 숨죽이며 다음 말을 기다렸다. 연출님은 손에 들고 있던 종이를 들고 읽기 시작했다. 첫 배역은 내가 하기로 했던 배역이었다. 첫 장면에 죽어 가는 소년병의 역할이었다.

"이○○."

내가 아니었다. 당황스러웠다. 내심 그 역할을 오랜 시간 동안 준비했던 터라 내가 뽑히지 않은 것에 대한 실망감이 너무 컸다. 하지만 냉정하게 봤을 때 그가 나보다 더 왜소하고 소년 같은 이미지였기 때문에 인정하지 않을 수 없었다. 하지만 좌절감에 더 이상 발표를 듣고 싶지 않았다.

그런데 놀랍게도 그다음부터 발표되는 모든 배역들에 내 이름이 호명되었다. 다섯 개 배역 중에 네 개의 배역으로 뽑힌 것이다. 한 배역은 내가 캐스팅되었으면 했던 죽어 가는 소년병의 상대역이었다. 주인공과 독립운동을 하는 독립군, 주인공에게 배신감을 느끼고 백성들을 데리고 떠나는 농민 대장, 주인공의 친동생인 왕자. 그 모든 역할들을 내가 맡게 된 것이다.

나는 너무 놀라서 연출님을 바라보았다. 그는 나를 보면서 작은 소리로 고생했다고 속삭였다. 그러고는 배우들에게 무대 위에서는 누구나 평등하며 열심히 노력하면 기회가 온다고 말했다. 그는 배역도 정해졌으니 이제 배우장(배우들 중에서 반장 같은 역할)을 뽑아야 한다고 했다. 배우들은 나에게 절대 권력을 선사하겠다며 나를 추천했고 나는 강제로 배우장까지 하게 되었다.

보름 정도 시간이 흘렀다. 쉬는 시간에 연출님이 나를 조용히 불렀다. 그리고 한국무용을 하는 막내가 배우들 사이에서 겉도는 것 같다며 내가 배우장이니까 잘 좀 챙기라고 했다.

그녀는 연습실 구석에 혼자 앉아 음악을 듣고 있었다. 나이도 가장 어리고 배우도 아닌 무용수가 이곳에서 적응하기란 쉽지 않을 상황이었다. 명문대 출신에 춤도 잘 추는 그녀에게 별로 신경을 쓰지 않았지만 배우장으로서 그녀가 잘 적응할 수 있게 도와주어야겠다고 마음먹었다.

그날 배우들은 늦은 밤까지 연습을 한 후 피곤한 몸을 이끌고 다 같이 지하철을 탔다. 각자 자리에 앉아 동료 배우들과 이야기를 나누거나 음악을 듣고 있었다. 나는 지하철 제일 끝자리에 앉아 녹화해 두었던 연습 영상을 보고 있었다. 그러다가 배우들이 하나둘씩 인사를 하며 지하철에서 내렸고 마지막엔 나와 막내인 무용수만 남았다. 그녀를 바라보다 눈이 마주쳤다.

'네가 막내 좀 잘 챙겨 줘.'

연출님이 하신 말씀이 떠올라 건너편에 앉아 있는 그녀에게 다가가 옆에 앉아도 되느냐고 물었다. 그녀가 한쪽 귀에 꽂고 있던 이어폰을 빼더니 괜찮다고 고개를 끄덕였다. 우리는 자연스럽게 작품에 대한 이야기를 시작했다.

작품에 대한 이야기가 끝나자 나는 그녀에게 사는 곳을 물었다. 그녀는 내가 사는 곳에서 20분 거리의 동네에 살고 있었다. 이전에 꽤 먼 거리로 느껴졌던 동네였지만 인천으로 출퇴근하는 지금은 상대적으로 가깝게 느껴졌고 방향도 거의 일치했다. 순간적으로 나는 환승역까진 그녀와 함께 가야 한다는 사실을 깨달았다.

하지만 오늘은 그 환승역으로 갈 때까지 더 이상 이야기를 이끌어 갈 자신이 없었다. 그래서 집으로 가려면 이곳에서 갈아타야 한다며 내일 보자는 말과 함께 중간쯤에서 내렸다. 문이 열리는 순간 그녀와 눈이 마주쳤다. 그녀는 화장기 없는 무표정한 얼굴로 나를 보고 있었다. 그녀의 감정을 읽을 수가 없었다. 혹시나 내가 일부러 내린 것을 들킨 건 아닌지 조마조마해하면서 집으로 향했다.

하루하루 연습의 강도가 높아지면서 늦게 연습을 마치게 되는 날이 점점 많아졌고 배우들은 밤이 깊어서야 서울로 향하는 지하철을 탔다. 30분 정도 지나 모두 하차하고 나면 그녀와 나

둘이 남았다. 나는 서로에 대한 이야기를 하면서 중간에 내리지 않고 본래 갈아타는 환승역까지 가서 그녀와 헤어지게 되었다.

다행히도 그녀는 점점 배우들 속에 잘 녹아들었다. 처음과 달리 밝은 성격으로 변한 그녀는 배우들에게 귀여움을 받는 막내로 연습에 임했다. 덕분에 배우들도 그녀에게 더 많은 것들을 배울 수 있었다.

그러던 어느 날, 아침 뉴스에서 오후에 비가 올 거라는 일기예보를 들었다. 바깥 날씨가 화창해서 잠시 망설이다가 장우산을 챙겨 연습실로 향했다. 평소처럼 몇몇 배우들로부터 배우장인 나에게 십 분 정도 늦는다는 연락이 왔다. 지각이 습관인 그들에게 벌칙으로 스트레칭 시간을 오 분 추가할 거라면서 조심히 오라는 답장을 했다.

그러다가 막내인 그녀로부터 갑작스러운 일로 오전 연습은 참여할 수 없다면서 오후 연습부터 참여하겠다는 연락을 받았다. 갑작스러운 불참 소식에 의아했지만 나는 조연출에게 그녀가 어젯밤부터 몸살이 있어서 늦게 연습에 참여할 거라고 했다. 어제 연락이 왔는데 내가 깜빡하고 이제 알려 줘서 미안하다는 말을 덧붙이며. 조연출은 커피 한 잔 사 준다면 자신도 깜빡했다는 말로 연출님에게 보고하겠다고 내게 답했다.

'땡큐!'

조연출에게 고맙다고 하고 그녀에게 잘 처리됐다는 연락을 했다. 그녀답지 않은 행동에 걱정이 되었지만 깊게 신경 쓰지 않기로 했다.

저녁을 먹고 난 후 연습실에 가 보니 그녀가 음악을 틀어 놓고 몸을 풀고 있었다. 거울을 통해 가볍게 목례를 했다. 평소보다 얼굴빛이 어두워 보였고 컨디션도 좋지 않은 것 같아서 쉽게 말을 걸 수가 없었다. 조용히 구석에서 음악에 맞춰 몸을 풀고 있는데 담배를 피우고 들어온 배우들이 그녀에게 장난을 쳤다. 웃으면서 장난을 받아 주는 그녀였지만 눈은 슬퍼 보였다.

쉬는 시간에 화장실로 가다가 그녀와 마주쳤다. 그녀의 눈이 빨간 토끼 눈이 되어 있었다. 내심 놀랐지만 못 본 척하고 태연히 화장실로 들어갔다. 연출님에게 보고를 해야 하나 고민하다가 집으로 가면서 면담을 해 봐야겠다는 생각을 했다.

연습이 끝나고 집으로 가는 지하철을 탔다. 삼십 분 정도 지나자 평소처럼 둘만 남게 되었다. 나는 조심스럽게 그녀에게 무슨 일이 있느냐고 물었다.

"오늘 남자 친구랑 헤어지려고요."

담담히 말하는 그녀의 목소리에서 떨림이 느껴졌다. 그녀의 눈가에 눈물이 고이는 것 같아 나는 애써 시선을 돌리며 지하철역을 확인했다. 노량진역 밖으로 비가 세차게 내리고 있었다. 나는 화제를 돌리기 위해서 이럴 줄 알고 장우산을 가지고 왔다며 그녀에게 우산을 가지고 왔느냐고 물었다. 그녀가 고개를 저었다.

"… ."

나는 무거운 분위기를 견딜 수 없어 지난번처럼 중간에 먼저 내려야겠다고 생각했다. 그런데 갑자기 그녀가 침묵을 깨고 다음 역에서 내린다는 것이었다. 나는 조심해서 가라고 하며 우산을 건넸다. 그녀는 괜찮다며 거절했지만 비가 많이 내리니 가져가라고 했다.

"제가 아끼는 우산이라 드릴 수는 없고 빌려 드릴게요. 꼭 돌려주세요."

그녀는 망설이다가 영국 맨체스터를 연고지로 하고 있는 축구팀의 로고가 크게 그려진 장우산을 건네받았다.

"○○에게는 명품 백팩이 있지만 저한테는 이 우산이 그런 존재거든요. 꼭 돌려주셔야 돼요."

명품을 좋아하는 배우를 들먹이면서 나는 영국에서 직수입한 고급 장우산이 내 인생 최고의 사치품이라는 말을 했다. 그녀의 슬픈 눈빛이 조금은 풀린 것 같았다. 그녀는 고맙다는 인사를 하며 지하철에서 내렸다. 키가 작은 그녀가 허리춤까지 가리는 우산을 들고 가는 모습이 초등학생 같았다.

집으로 향하는 지하철 속에서 생각했다. 힘든 줄 알면서 왜 다들 사랑을 하는 걸까. 그때에 나에겐 사랑이란 그녀에게 빌려준 장우산보다 백배 천배 비싼 사치 같았다.

잠을 자려고 침대에 누웠는데 문득 이별을 하기 위해 지하철에서 내리던 그녀의 슬픈 눈빛이 떠올랐다.

'지금 무슨 생각하고 있을까?'

뮤지컬 〈루나틱〉 (2016)

눈빛 2

그날도 지하철을 가득 메운 사람들이 졸음과 싸우며 출근을 하고 있었다. 눈이 반쯤 풀려서 멍하게 서 있는 사람, 핸드폰을 보면서 키득키득 웃고 있는 사람, 꾸벅꾸벅 졸고 있는 사람들 모두 살기 위해서 아침 일찍부터 고군분투하고 있는 중이었다. 그중에 나도 포함되어 있다는 것이 낯설었다.

그러다 문득, 막내 무용수는 어떻게 되었을까 궁금해졌다. 그녀에게 메신저를 통해 어떻게 되었느냐는 글을 썼다가 지웠다. 그리고 다시 우산은 언제 돌려줄 거냐고 썼다가 알아서 주겠지, 라는 생각을 하면서 또 지우고 그녀의 프로필을 보았다. 프로필 사진은 그대로였다. 그리고 전에 올렸던 친구들과 찍었던 사진과 공연을 하면서 찍은 사진들도 새로운 게 없었다. 남자 친구와 잘 화해한 걸까. 다행이라는 생각을 하면서 그날은 평소처럼 대본을 보지 않고 자리가 나자마자 앉아 잠을 청했다.

얼마쯤 갔을까. 누군가가 내 발을 툭툭 차는 것을 느꼈다. 눈을 뜨고 입가에 흘리던 침을 닦으며 정면을 응시했다. 막내 무용수였다. 놀랐지만 애써 태연한 척하며 그녀에게 말을 걸었다.

"우산 언제 주실 거에요?"

그녀는 깜빡 잊고 우산을 집에 놓고 왔다며 다음 날 주겠다고 대답했다. 그리고 어제 비를 맞지 않았냐며 물었다. 자신은 남자 친구가 집까지 차로 데려다주어서 우산이 크게 필요 없었다고 하면서.

나는 집이 역에서 멀지 않아서 비를 많이 맞지는 않았지만 어제 그녀의 무단 지각을 무마하기 위해 조연출에게 사 준 커피값이 꽤 들었다고 꽤나 진지한 표정으로 말했다. 그러자 그녀는 다신 이런 일이 없겠다고 사과를 하며 머리를 숙였다. 놀란 나는 괜찮다는 말을 하고 졸려서 도착할 때까지 한숨 자겠다고 한 후에 눈을 감았다.

'헤어지지 않았구나. 다행이다.'

그러고는 그녀를 신경 쓰지 않고 목적지에 도착할 때까지 잠을 잤다.

역에서 내린 우리는 버스를 기다렸다. 역 앞에 있는 버스 정류장에서 산 중턱에 있는 연습실로 향하는 버스는 한 대밖에 없었고 배차 간격도 이십 분이나 되었다. 우리는 오 분 정도 기다리다가 택시를 타기로 했다. 그녀가 사과의 의미로 택시비를 내겠다고 했다. 나는 그 말이 끝나기가 무섭게 '빈 차'에 붉은빛이 들어와 있는 택시를 향해 손을 흔들었다.

"헤이! 헤이!"

내가 어찌나 크게 소리를 지르며 택시를 잡았던지 건너편의 행인들은 지나가면서 나를 쳐다보았다. 놀란 그녀도 내 모습을 보며 정말 환하게 웃고 있음을 느낄 수 있었다.

택시를 탄 우리는 한동안 아무 말도 하지 않았다. 택시 안에는 라디오 소리만 들리고 있었다. 그러다가 그녀가 조수석에 가만히 앉아 있는 나에게 처음 보았을 땐 말이 별로 없는 사람처럼 보였다고 했다. 그런데 생각보다 밝은 성격 같다며 백미러를 통해 나와 눈을 마주쳤다. 나는 그녀의 시선을 피하며 원래 낯을 가리는 성격이라고 대답했다. 그녀는 앞으로 서로 시간이 맞으면 함께 택시를 타고 연습실로 가는 게 어떠냐고 물었다.

"그 말에도 일리가 있네요."

나는 거울에 비치는 그녀를 보며 고개를 끄덕였다. 그리고 앞으로 역에 도착할 때쯤 서로 연락을 하자는 약속을 하게 되었다.

택시가 연습실 앞에 도착하자 그녀가 재빠르게 카드를 내밀어서 계산을 끝냈다. 잠시 머뭇거리다 시계를 보니 공식 연습 시간보다 한 시간 정도 일찍 도착한 것 같았다. 이 층 연습실로 향하면서 나는 그녀에게 평소에도 이렇게 일찍 오느냐고 물었다. 그녀는 보통 두 시간 전에 와서 몸을 풀고 연습을 한다는 것이었다.

보통 한 시간 전에 연습을 하러 온다는 나의 말에도 그녀는 의심의 눈빛으로 자신이 항상 일찍 나와서 연습을 하는데 왜 나를 보지 못했을까 하고 물었다. 나는 이 층에 있는 공식 연습실이 아닌 일 층에 있는 작은 연습실에서 연습을 하다가 시간이 되면 이 층 연습실로 간다고 설명했지만 계속 믿지 않는 눈치였다.

"어쩐지 연습할 때 위층에서 쿵쿵거리는 소리가 들리더라고요."

"한국무용은 원래 그런 춤이에요."

계단을 오르다가 그녀가 걸음을 멈추며 언짢은 듯 작은 소리로 중얼거렸다. 말실수를 한 것 같아 말없이 그녀를 바라보았다. 나는 사과를 할까 망설이다가 농담이라는 말로 넘기고 그녀의 차가운 시선을 느끼며 그냥 연습실로 들어갔다.

아무도 없는 텅 빈 연습실이 새삼스럽게 크고 넓게 느껴졌다. 환기를 시키기 위해 창문을 열고 연습실 구석에 있는 청소기로 바닥을 밀었다. 반 정도 청소를 했을 무렵, 옷을 갈아입은 그녀가 헐레벌떡 연습실로 들어왔다.

"제가 할게요."

나는 기왕 시작했으니 생색을 낼 수 있게 내가 다 하겠다고 말했다.

몇 번이나 본인이 하겠다고 하는 그녀를 말리고 청소를 끝냈다. 다시 창문을 닫고 에어컨을 켠 후 가볍게 몸을 풀다가 옷을 갈아입기 위해 화장실로 갔다. 땀이 나서 세수를 하고 있는데 장르를 알 수 없는 특이한 노래가 들렸다. 옷을 갈아입고 화장실을 나와 연습실로 들어갔다.

그녀가 뜻밖에 한국무용이 아닌 현대무용을 하고 있었다. 빠른 박자이면서도 몽환적인 곡이었다. 바닥을 구르고 점프를 하고 턴을 도는 모습을 숨죽이며 바라보았다. 키가 작은 그녀였지만 큰 연습실이 꽉 차게 느껴질 정도로 압도적인 퍼포먼스였다. 넋이 나간 채로 그녀의 춤을 감상하다가 음악이 끝나자 정신을 차리고 박수를 치며 물었다.

"꿈이 뭐예요?"

그녀는 거친 호흡을 정리하며 대한민국 최고의 안무 감독이 되고 싶다고 했다. 춤에 대해서 잘 모르지만 그녀라면 가능하지 않을까 하는 생각이 들었다. 그녀와 이야기를 나누면서 그녀의 전공이 한국무용이 아니라 안무 창작이라는 사실을 알게 되었다. 그렇기 때문에 모든 장르의 춤을 잘 추어야 한다고 했다.

"어떤 춤이 제일 힘들어요?"

그녀는 나의 질문에 일 초의 망설임도 없이 창작의 고통에 대해서 이야기했다. 올해 졸업 작품을 발표해야 하는데 안무를 짜는 게 너무 힘들고 스트레스가 쌓여서 불면증에 시달리고 있다는 것이었다. 나는 배우들도 인물의 성격을 창조하는 게 힘이 많이 든다며 안무가와 배우는 비슷한 고충을 가지고 있는 것 같다고 했다.

"이젠 내 차례네요."

나는 그녀가 보여 준 춤에 보답하기 위해서 노래를 들려주겠다고 했다. 이 작품의 오디션에 붙게 해 준 비장의 노래라는 말을 덧붙이며.

간절한 기도 신이여 허락하소서~

(뮤지컬 〈지킬 앤 하이드〉의 〈지금 이 순간〉 중에서)

해맑은 그 미소 눈이 부셔 나의 사랑 수정~

(뮤지컬 〈내 마음속 풍금〉의 〈나의 사랑 수정〉 중에서)

살아 있어~ 이렇게~

(뮤지컬 〈넥스트 투 노멀〉의 〈난 살아 있어〉 중에서)

가야 해~ 저 별을 향하여~

(뮤지컬 〈맨 오브 라만차〉의 〈이룰 수 없는 꿈〉 중에서)

노래가 끝나자 그녀가 크게 웃었다. 연습실에 웃음소리가 울려 퍼졌고 나는 환하게 웃는 그녀의 모습이 낯설었다. 웃음을 멈추고 그녀가 정말 오디션 때 이 노래를 불렀느냐고 물었다. 나는 고개를 끄덕였다. 그녀는 나에게 이렇게 네 곡을 붙인 이유가 뭐냐고 했고, 나는 내 강점을 다 보여 주고 싶었기 때문이라고 대답했다.

"정말 절실했나 보네요."

"그냥 운이 좋았어요."

운이 좋았다는 말에 그녀는 자신의 절실함은 대학 입시 때 다 써 버린 것 같다며 아직까지 절실함을 가지고 있는 내가 부럽다고 했다. 명문 예술 중·고등학교와 대학교를 나와서 엘리트 길만 걸어온 덕분에 양질의 교육을 받아 왔을 그녀가 부럽다는 생각이 들었다. 그리고 그 절실함이라는 것이 내가 원해서 생긴 게 아니었기에 마음 한편이 씁쓸했다.

나는 애니메이션을 전공하다가 전과를 했기 때문에 연극영화과를 가기 위한 입시 준비를 한 적이 없었다. 그 이야기를 들은 그녀는 입시 준비 기간은 그야말로 지옥 같은 시간이라면서 나에게 그런 과정을 겪지 않은 것이 다행이라고 했다.

“울면서 춤춰 본 적 있어요?”

그녀의 질문에 나는 말없이 고개를 저었다. 그녀는 중학교와 고등학교, 대학교 입시를 준비하던 시절 매일같이 이른 새벽부터 정오를 넘기면서까지 춤을 췄다는 것이었다. 어떤 날은 태풍이 와서 비가 쏟아지는데도 새벽에 연습실로 갔다고 했다. 그리고 레슨을 받으면서 자기도 모르게 눈물이 났지만 동작을 멈출 수 없었다고도 했다. 춤이라는 것이 자신에게는 주어진 운명이라는 생각이 들면서 이 길을 걷게 된 자신이 한때는 너무 싫었다고 말하는 그녀의 눈빛에서 나는 슬픔을 보았다.

“부모님이 시켜서 시작하신 거예요?”

“아뇨. 어렸을 때부터 그냥 춤이 좋았어요. 그래서 부모님을 졸라서 시작했어요.”

그렇기에 자신이 더 원망스럽다고 했다.

다음 생에는 평범한 직업을 가지고 싶다는 그녀의 말에서 진심이 느껴졌다. 슬픈 눈빛을 하고 있는 그녀를 보며 나는 내가 걸어온 길을 돌이켜 보았다. 행복했던 순간도 있었지만 힘들었던 순간도 많았다는 생각이 들었다. 좋은 학교를 나오지 않아 더 빠른 길을 갈 수 없는 자신이 너무 싫었던 순간들도 있었다. 그럼에도 버티다 보니 이런 엘리트 예술가와 공연하는 날도 왔다. 후회는 없었다. 어차피 무대 위에서는 평등하니까.

그녀가 겪었던 슬픔과 내가 겪었던 슬픔은 종류가 다르겠지만 슬픔은 상대적인 것이기에 그녀 또한 치열하게 살아왔을 것이라는 생각을 했다. 작은 키에서 뿜어져 나오는 에너지와 섬세한 동작은 타고났다기보다는 오로지 노력에 의해서 습득한 게 아닐까 싶었다. 나는 그녀에게 악수를 청했다.

"우리가 했던 고생의 종류는 다르지만 만나서 반가워요. 앞으로 잘 부탁드립니다."

잠시 이상하다는 눈으로 나를 보던 그녀가 손을 내밀며 새삼스럽게 왜 이런 인사를 하느냐고 물었다.

"반가워서요."

그리고 우리는 음악에 맞춰 거울 앞에서 가볍게 몸을 풀었다. 함께 몸을 풀면서 멀고 다르다고 생각했던 그녀가 조금은 가까워진 것 같았고 비슷한 점들도 있다는 생각이 들었다. 문득 몸을 풀고 있는 그녀를 거울을 통해 흘깃 쳐다보았다. 그러다가 눈이 마주쳤고 나는 다시 정면을 응시하며 거울을 바라보았다. 거울 속엔 웬 바보 한 명이 얼굴을 붉히며 어쩔 줄 몰라 하고 있었다.

연습 시간이 되자 배우들이 연습실로 몰려들어 왔다. 그 후로 공식 연습을 하는 내내 한 번도 그녀와 다시 눈을 마주치지 않았다.

연습이 끝나고 다들 파이팅을 외치며 연습실을 나왔다. 평소와 다르게 스산한 바람이 불었다. 그녀와는 조금 떨어진 채

배우들과 이런저런 이야기를 하면서 역까지 걸어 내려갔다. 인천에서도 끝에 있는 역에서 지하철을 탔기 때문에 웬만하면 다들 앉아서 갈 수 있었다. 연습실에서 올 때처럼 최대한 그녀로부터 떨어진 자리에 앉았다. 이어폰을 귀에 꽂고 잠을 청하면서도 내 위치에서 한 시 방향에 앉아 있는 그녀가 신경 쓰였다. 그녀는 양옆의 남자 배우들과 즐겁게 이야기를 나누고 있었다. 눈을 감고 잠을 청하려고 해도 잠이 오지 않았다. 가슴이 답답하고 먹먹했다.

눈을 살짝 떠서 고개는 그대로 둔 채 눈동자만 한 시 방향으로 돌렸다. 음악소리 때문에 들리지 않았지만 그녀의 입 모양에서 '연출님'이라는 단어를 읽을 수 있었다. 음악을 정지해도 무슨 이야기를 하고 있는지 들리지 않아 너무 멀리 떨어져서 앉은 자신이 미웠다.

'뭘까?'

순간 자신이 이상하고 비이성적이라는 생각이 들었다. 도대체 왜 나는 괴로워하고 있을까. 비어 있는 그들의 옆자리를 보면서 당장이라도 자리를 옮겨 태연하게 웃으며 대화 속에 끼어드는 자신을 상상해 보았다. 그렇지만 나답지 않고 어색할 것 같았다. 결국 내가 내린 결론은 다음 역에서 내리는 것이었다. 다른 사람들과 환하게 웃으며 이야기를 하는 그녀의 모습을 차마 볼 수 없었다.

평소보다 음악의 볼륨을 높이고 내릴 준비를 했다. 그들에게 다가가 이어폰 한쪽을 뺐다. 이어폰에서 흘러나오는 음악소리보다 말을 하기 위해 침을 삼키는 소리가 더 크게 그들에게 들릴 것 같았다.

"오늘은 일이 있어서 먼저 내립니다."

태연하게 말을 내뱉고 다른 배우들에게도 인사를 했다. 그녀와 눈을 마주치지는 않았지만 의아해하는 시선이 느껴졌다.

공교롭게도 그 역에서 나는 동갑내기 여배우와 같이 내리게 되었다. 문 앞에서 내릴 준비를 하던 나와 동갑내기 여배우는 문이 열리자 내일 보자는 인사를 하기 위해 고개를 돌렸다. 나는 그 순간 그녀와 눈이 마주쳤고 엉겁결에 그 눈을 피했다.

낭패였다. 바로 다음 열차를 탈 생각이었지만 동갑내기 여배우에게 내리는 이유에 대한 어색한 거짓말을 한 탓에 근처 버스정류장까지 가게 되었다. 덕분에 여배우가 특이하게도 신문방송학과를 졸업해서 영어 선생을 하다가 배우의 꿈을 이루어 냈다는 사실을 알게 되었다. 여배우는 나에게 음색이 좋다며 자신이 배우고 있는 보컬 레슨 선생님에게 지도를 받는다면 더 멋진 배우로 성장할 수 있을 것이라고 말했다. 작품이 끝나면 소개해 주겠다는 여배우의 말을 뒤로하며 버스에 올랐다.

평소보다 한 시간가량 늦게 집에 도착한 나는 피로에 지쳐 있었다. 대충 씻고 침대에 누워 연출부가 없는 단체 채팅방의 대화들을 확인했다. 시시콜콜한 이야기들이어서 대충 읽고 불을 껐다. 어둠 속에서 잠을 못 이루고 있는데 책상 위 핸드폰의 진동 소리가 들렸다. 그녀에게서 온 메시지였다. 나는 비행기 모드를 켜고 확인해 보았다.

'잘 들어가셨어요? 혹시 저한테 화나신 거 있으세요?'

지하철에서 내려 버스를 탔다가 다시 지하철을 타고 집에 도착했다는 이야기를 구구절절 썼다가 보내지 않고 지웠다. 내가 도대체 왜 이러는지 알 수가 없었다. 삼십 분을 고민하다가 답장을 썼다.

'제 우산 잊지 않으셨죠? 평온한 밤 보내세요.'

전송이 되지 않아 비행기 모드를 끄고 다시 보내기를 눌렀다. 그리고 난 정말 바보 같은 녀석이라는 생각을 하면서 잠을 청했다.

그날 밤 악몽을 꾸었다. 고등학교 때 보았던 〈새벽의 저주〉 속 좀비들에게 쫓기는 꿈이었다. 그러다가 새벽 세 시가 넘은 시각 휴대폰을 확인했다.

'내일 드릴게요.'

읽지 않았던 그녀의 답을 확인하면서 이상하게 우산을 받고 싶지 않다는 생각이 들었다. 왜였을까. 그 우산이 나와 그녀 사이의 연결고리가 아닐까. 그걸 받는 순간 끝날 것 같다는 생각에 우산을 가져오지 않길 빌며 다시 잠을 청했다.

다음 날, 평소보다 조금 일찍 연습실에 도착했다. 그녀와 같이 택시를 타고 연습실에 가기로 했지만 연락을 하지 않았다. 나는 일 층에 있는 연습실에서 홀로 작품의 듀엣곡 노래 연습을 하고 있었다.

잠시 후 여자 주인공을 맡은 여배우가 연습실에 들어왔다. 여배우는 생글생글 웃으며 내게 인사를 했다. 그녀의 제안에 우리는 같이 듀엣곡 연습을 하기 시작했다. 갑작스러웠지만 평소에 연습해 보고 싶었기 때문에 집중해서 노래를 불렀다. 얼마나 시간이 지났을까. 노크 소리가 들렸다.

"안녕하세요?"

문이 열리자 놀랍게도 그곳엔 막내 무용수가 서 있었다. 나는 부르던 노래를 멈췄다. 그녀는 연습실에 들어오지 않고 신발을 신은 채로 평소보다 더 공손하게 인사를 했다. 그 순간 그녀와 눈이 마주쳤다. 언제나처럼 화장기 없이 무표정한 얼굴로 나를 보고 있었다. 하지만 지금까지 본 적이 없던 낯선 눈빛에 나는 불안해지기 시작했다.

그녀는 인사가 끝나자마자 문을 닫고 밖으로 나갔다. 닫혀 있는 문 너머로 계단을 오르는 발소리가 유난히 크게 들렸다.

*

혜성이 빛나

'젠장!'

나는 난감한 심정으로 닫힌 문을 바라보았다. 평소와 다른 모습에 그녀가 화가 난 건 아닌지 걱정이 되었다.

그때 여배우가 다시 처음부터 노래를 불러 보자고 멍하니 있는 나를 재촉했다. 어려워서 연습을 더 한 후에 다시 부르는 게 좋을 것 같았다고 대답했다. 막내 무용수도 왔으니 위로 올라가 같이 몸을 풀자고 제안하자, 여배우는 노래 연습을 조금 더 하고 올라가겠다며 노래를 다시 불렀다. 나는 먼저 올라가겠다고 한 후 위층 공식 연습실로 가기 위해 가방을 들고 일 층 연습실을 나왔다.

택시를 같이 타기로 한 약속을 지키지 않은 것은 나의 잘못이지만 눈도 마주치지 않고 올라가 버린 그녀에게 서운함을 느꼈다. 그러면서도 아무 사이도 아니기 때문에 그 서운함은 혼자만의 감정 낭비라는 생각이 들었다.

연습실 문을 조심스럽게 열고 그녀를 찾았다. 그녀는 조용한 음악을 들으며 몸을 풀고 있었다. 무슨 말을 해야 할지 고민하며 들고 있던 가방을 그녀의 가방 옆에 내려놓았다.

"밥 먹었어요?"

그녀에게 다가가 물었지만 나직이 '네'라는 대답만 할 뿐 반응이 없었다. 순간 그녀가 남자 친구와 싸워서 기분이 나쁜 건 아닐까, 하는 생각이 들었다.

혼자 두는 게 좋을 것 같아 그녀와 떨어진 자리에 앉아서 몸을 풀고 있는데 일 층에 있던 여배우가 벌컥 문을 열고 들어왔다. 그리고 오늘은 노래 연습이 잘 되지 않는다면서 내 옆에 앉아 몸을 풀기 시작했다.

내일 일찍 와서 같이 듀엣곡 연습을 하자는 여배우의 말에 나는 매일 오늘처럼 오기 때문에 같이할 수 있을 것이라고 대답을 하면서 홀로 몸을 풀고 있는 그녀를 보았지만 묵묵히 몸을 풀고 있었다. 여배우는 전에 있었던 극단에선 나이 대가 맞는 배우가 별로 없어서 제대로 연습하지 못했다며 들뜬 표정을 지었다.

여배우는 극단 얘기를 계속했다. 그러다가 그녀가 속해 있던 극단의 선배 중 한 명이 과거에 엎어졌던 작품의 연출이라는 사실을 알게 되었다.

"이 바닥 진짜 좁네요."

나는 신기해서 그 연출에 대해 이야기를 하기 시작했다. 까도 까도 나오는 양파처럼 그의 미담(?)은 한동안 이어졌다. 작품이 엎어지게 된 것도 경험이라는 것이 그가 나에게 했던 마지막 말이었다는 얘기에 여배우는 듣는 내가 속이 다 시원해질 정도로 영어로 찰지게 욕을 했다.

시간 가는 줄 모르고 이야기를 나누고 있는데 막내 무용수가 아무 말 없이 연습실을 나갔다. 그런 막내 무용수를 보며 여배우는 그녀가 조금 사회성이 떨어지는 것 같다고 비아냥거렸다. 나는 남자 친구와 싸워서 기분이 안 좋은 모양이라고 그녀를 변호했다. 그럼에도 여배우는 그녀를 탐탁잖게 생각하는 것 같았다. 그녀가 알고 보면 좋은 사람이라는 이야기를 이어가다가 우리와는 분야가 다른 사람이기 때문에 이번 작품이 아니면 볼 일이 없을 테니 잘해 주자고 다독였다. 하지만 한편으로는 그녀의 행동이 마음에 걸렸다.

공식 연습이 시작되고는 다른 생각을 할 수가 없었다. 내가 맡은 배역들을 연구해서 연출님에게 보여 주어야 했는데, 매일매일 그는 연습을 위한 연습을 해 오라며 내가 준비해 온 이상의 것을 주문했던 것이다. 외워야 하는 춤과 노래의 분량이 많아서 따라가기에 벅찼다. 춤에 특화되어 있는 다른 배우들보다 나는 춤을 배우는 속도가 느려서 몇몇 배우들은 내가 배역 연구에만 몰두하느라 춤은 등한시하는 게 아니냐며 비아냥거리기도 했다.

그런데 그날은 연출부에 의해 한 장면의 안무가 통으로 바뀌는 일이 발생했다. 안무 감독님에게 춤을 잘 추는 배우들이 몇몇 동작을 바꿀 것을 제안했고 안무 감독님은 흔쾌히 그들의 의견을 받아들였다. 나는 해 본 적이 없는 동작이라 한 번에 그 동작을 습득할 수가 없었다. 자존심이 상했지만 비아냥거리던 몇몇 배우에게 다시 동작을 보여 달라고 했다. 그들은 뮤지컬 배우가 춤을 못 추면 어떡하느냐며 원래보다 훨씬 빠른 템포로 동작을 보여 주더니 '이렇게 하는 거야.'라는 말을 남기며 자리를 떴다.

눈앞이 캄캄했다. 다들 몇 번 본 것만으로 동작을 습득했지만 나는 그러지를 못했다. 그래서 쉬는 시간에도 용변을 참고 거울을 보며 연습했다. 그러다가 거울 속에 비치는 그녀와 눈이 마주쳤다. 그리고 고개를 돌려 그녀를 바라보았다. 한 번 더 눈이 마주친 나의 시선은 저절로 밑으로 떨어졌다. 그리고 정신을 차리고 다시 고개를 들자 그녀가 내 앞에 서 있었다.

"제가 가르쳐 드릴게요."

나를 바라보는 그녀의 표정이 어두웠다. 그 순간 많은 생각이 들었다. 어떻게 사양할 것인지 고민을 하다가 한 번 더 자존심을 버리기로 마음먹었다.

"부탁드리겠습니다."

그녀는 디테일하게 동작을 가르치기 시작했다. 그러다가 내가 동작이 틀릴 때마다 큰 소리로 외쳤다.

"다시!"

그녀의 고함이 연습실에 크게 울려 퍼졌다. 쉬고 있던 사람들이 우리를 쳐다보았다. 그녀가 외칠 때마다 더 긴장하고 집중하면서 동작을 했다. 그녀가 '다시'를 외칠 때마다 내 주변으로 사람들이 모여들기 시작했다. 연출부 사람들도 멀리서 나와 그녀를 바라보고 있었다. 결국 쉬는 시간이 끝날 때쯤이 되어서야 다행히 잘하지 못했던 동작들을 웬만큼 습득하게 되었다. 구경하던 사람들은 나에게 박수를 쳤고 연출님과 안무 감독님도 웃으면서 격려해 주었다.

연습이 끝나고 집으로 향하는 지하철에서 그녀와 둘이 남게 되자 비로소 감사하다는 말을 할 수 있었다. 그녀는 덤덤하게 괜찮다며 고개를 저었다. 그리고 다른 남자 배우들이 배역을 독차지한 나를 시기하는 것 같다고 하면서 춤으로도 밀리지 말라는 충고를 해 주었다. 그러지 않으면 작품 내내 고생할 것이라는 말을 덧붙이며.

그녀는 혜매는 나를 보면서 예중·예고 시절의 자신을 보는 것 같다고 했다. 그리고 실력을 중시하는 자신이 미숙한 사람을 대가 없이 도와준 것은 처음이라고 했다.

"원래 착한 거예요? 아니면 착한 척하는 거예요?"

그녀가 물었다. 나는 말없이 그녀를 바라보았다. 그녀는 다른 배우들이 나한테 대하는 태도를 보면 화가 난다고 목소리를 높였다. 자신이었다면 빰을 후려쳤을 거라며. 그녀는 단체 생활에서 착하게 보이면 만만하게 여긴다며 노래 연습할 때 내게 비아냥거렸던 배우들에게 해코지하는 방법을 알려 주었다.

배우들은 누구나 배역을 따고 싶어 하고 그것을 독차지한 나를 미워하는 심정을 이해한다는 말로, 화를 내는 그녀를 이해시켰다. 그러자 그녀는 이 집단 내에서는 연기와 노래가 내가 제일 낫다고 했다. 춤은 월등히 떨어지지만. 그러니까 기죽지 말라는 것이었다.

이야기가 끝나고 우리는 한동안 말이 없었다. 그러다가 내가 물었다.

"남자 친구랑은 잘 지내요?"

나는 그녀에게 오늘 기분이 나빠 보여서 남자 친구와 싸운 게 아닐까 걱정했다고 내 진심을 털어놓았다. 그녀는 잠시 망설이는 듯하다가 입을 열었다.

"사실 그날 남자 친구랑 헤어졌어요."

우산을 빌려준 날 마지막으로 남자 친구가 차로 집 앞까지 데려다준 거라는 그녀의 눈시울이 촉촉해졌다. 나는 시선을 돌려 지하철역을 확인했다. 세 정거정만 더 가면 다른 노선으로 집에 갈 수 있었다. 일이 있어서 내려야 된다는 말을 해야지 하고 마음먹는 순간,

"집 앞까지 데려다주세요."

그녀가 나직이 말했다. 나는 놀라서 그녀를 바라보았다. 오늘 안무를 가르쳐 줬으니 집까지 데려다 달라는 그녀의 말은 진심인 것 같았다. 뭐라고 대답을 해야 할지 고민했지만 세상에 공짜가 없다는 그녀의 말에 반박할 수가 없었다.

나는 그녀의 예중·예고 시절 에피소드를 들으면서 그녀가 살고 있는 동네까지 함께 가게 되었다. 국립공원 부근이어서 내가 살고 있는 동네보다 공기가 상쾌했다. 늦은 시각이라 사람이 별로 없었고 가로등만이 환하게 거리를 밝히고 있었다. 가로등 불빛을 받으며 역에서 그녀의 집까지 아무 말 없이 걸었다. 나보다 반보 앞서가는 그녀를 따라 걷는 동안 딱히 무슨 말을 해야 할지 생각이 나지 않았다.

십 분쯤 걸었을까. 그녀의 집 앞에 도착했다. 그녀는 앞으로 춤이 막힐 때마다 자신이 전력을 다해서 가르쳐 주겠다며 고마움을 표했지만 오늘같이 모두의 이목을 끄는 짓은 하고 싶지 않다고 대답하고 돌아섰다.

집으로 들어가는 그녀에게 손을 흔들고 다시 지하철역을 향해 걸었다. 공기가 좋아서 유난히도 별들이 많이 보였다. 자정이 다 돼서야 집에 도착했지만 고맙다는 그녀의 메시지에 나는 하루의 피곤함을 잊을 수 있었다.

그렇게 일주일을 넘게 매일 그녀를 집까지 데려다주었다. 그러던 어느 날, 나는 그녀의 집 앞에서 용기를 내어 고백했다. 좋아한다고. 그녀의 대답은 미안하다, 였다. 남자 친구가 한 달만 더 시간을 가져 보고 아니면 헤어져 달라고 했다는 것이었다. 그러면서 내일이 바로 그에게 대답을 해 줘야 되는 날이라며 기다려 줄 수 있겠느냐고 물었다.

"네."

나는 아주 쉽게 대답했지만 속으로는 두려웠다. 태연한 척 늘 그랬듯, 손을 흔들며 지하철역으로 향했다. 밤하늘을 보니 평소처럼 별들이 밝게 빛나고 있었다. 별들이 나를 지켜보는 것 같다는 생각이 들었다. 그들이 위로를 해 주니 슬프지 않았다.

집에 도착했을 때 그녀에게서 메시지가 왔지만 차마 읽을 수가 없었다. 내일은 연습이 없는 날이라 아무 생각 없이 깊은 잠에 들길 바랐지만 그날도 좀비들에게 쫓기는 꿈을 꾸며 잠을 설쳤다.

다음 날, 오전 열한 시가 되어서야 일어났다. 핸드폰을 확인해 보니 초등학교 동창들이 단체 채팅방에서 오랜만에 술자리를 갖자는 이야기를 하고 있었다. 망설이다 그녀에게서 온 메시지를 확인했다. 오늘 밤 전 남자 친구와 이야기를 한다는 것이었다. 나는 초등학교 동창 모임에 나가기로 했다.

초등학교 동창들을 만나 꽤 긴 시간 술을 마실 때까지 그녀에게서 연락이 없었다. 모임이 마무리될 때쯤 남자 동창들끼리 유명한 펍에서 이차를 하기로 했다. 마음이 무거웠지만 그날따라 취하고 싶다는 생각이 들었다. 친구들을 따라 그곳으로 자리를 옮겼다.

주말이어서 젊은 청춘들이 많았다. 칵테일을 마시며 친구들은 즐거워했지만 나는 신나는 음악이 흘러나와도 흥이 나지 않았고 술을 마셔도 정신이 또렷했다. 온 신경이 핸드폰에 집중되어 있었다.

자정이 조금 지나자 그녀에게서 어디냐는 메시지가 왔다. 나는 펍에서 술을 마시고 있다고 했다.

'줄 게 있으니까 그쪽으로 갈게요.'

나는 친구들과 있으니 그쪽 동네로 가겠다고 했다. 그러나 그녀는 근처에 있다며 내가 있는 곳으로 오겠다는 것이었다. 그녀가 주려는 게 무엇인지 알 것 같았다. 슬픈 예감이 들면서 나는 연속으로 술을 석 잔이나 따라 마셨다.

주변을 보니 같이 온 친구들이 없었다. 테이블을 지키면서 친구들을 찾기 위해서 두리번거렸다. 킥복싱 선수인 덩치가 큰 친구는 취해서 로커를 샌드백을 치듯이 두드리고 있었고, 비행기 파일럿인 친구와 얼굴이 잘생긴 친구는 다른 일행들과 웃으며 당구대 앞에서 이야기를 하고 있었다.

'다 왔어요.'

그녀에게서 메시지가 오자 나는 입구를 뚫어져라 쳐다보았다. 그리고 얼마 지나지 않아 그녀가 입구 쪽에 나타났다. 자리에서 일어나 그녀에게 달려갔다. 그녀는 주위를 둘러보고 나를 스캔하더니 손에 들고 있던 장우산을 내밀었다. 나도 모르게 우산을 건네받았다. 그녀가 무슨 말을 하려는 건지 두려웠다. 시끄러운 음악이 흐르고 있었고 수많은 사람들 속에서 나와 그녀는 말없이 서로를 바라보았다. 그녀가 입을 열었다.

"재미있게 노세요."

그 말을 남기고 그녀는 밖으로 나갔다. 나는 파일럿을 하는 친구와 얼굴이 잘생긴 친구가 다른 일행과 다시 우리 자리에서 술을 먹는 것을 확인하고 바로 그녀를 쫓아갔다.

모든 것을 체념한 채 나는 마지막으로 그녀를 데려다주기 위해 택시를 잡았다. 우리는 서로 아무 말이 없었다. 순간 그동안 있었던 일들이 머릿속을 빠르게 스쳐 지나갔다. 둘이서 함께했던 시간이 너무 즐거웠다는 생각이 들면서도 이젠 그럴 수 없다는 사실에 마음이 아팠다.

하지만 냉정하게 생각해 보면 미래가 불확실한 무명 연극배우에게 사랑이란 내 손안에 있는 장우산과는 비교도할 수 없을 만큼 큰 사치였다. 나 같은 사람보다는 미래가 확실하게 보장된 그런 남자가 훨씬 그녀를 행복하게 해 줄 수 있을 거라는 생각이 들었다.

"잠깐 이야기 좀 할까요?"

택시에서 내린 후 아무 말 없이 서 있는 그녀에게 말했다. 그녀는 고개를 끄덕이고 집으로 올라가는 계단에 앉았다. 무슨 말을 해야 할지 입이 떨어지지 않았다. 작품에 피해를 주지 않게 좋은 오빠 동생 사이로 지내자는 말을 해야겠다고 생각하고 그녀의 옆에서 조금 떨어져 앉았다.

"술이 넘어가요?"

그녀가 나를 째려보며 물었다. 나는 술이 약하지만 오늘은 취하고 싶어서 많이 마셨다고 했다.

"아무리 마셔도 취하지 않더라고요."

그녀는 내가 들고 있던 우산을 뺏더니 전 남자 친구가 울면서 자신을 설득했다고 말했다. 마음이 너무 흔들리는데 그때마다 이 우산을 만지면서 버텼다는 것이었다. 나는 그녀의 이야기를 들으면서 별이 밝게 빛나는 밤하늘을 올려다보았다.

"저는 오빠를 선택했어요. 그러니까 후회 안 하게 해 주셨으면 좋겠어요."

말이 끝나기 무섭게 그녀가 우산을 다시 나에게 건넸다. 이

상황에서 무슨 말을 해야 할까 고민했다.

"고마워요."

말은 그렇게 쉽게 했지만 내 심장은 빠르게 뛰고 있었다. 그러자 그녀가 말없이 나를 바라보았다. 그 시간이 길게 느껴져 그녀가 어떤 신호(?)를 보내고 있는 건 아닐까 긴장되었다. 나도 모르게 침을 삼켰다.

"말 놓자, 이제."

그녀의 말에 나는 긴장이 풀리면서 크게 웃었다. 의아한 표정을 지으며 나를 바라보는 그녀에게 이곳의 밤하늘이 아까 있었던 동네보다 유난히 별이 더 밝게 빛나는 것 같다고 말했다. 그리고 약속했다.

"밤하늘의 저 별들보다 훨씬 더 밝은 혜성처럼 빛나는 배우가 될게."

내 말을 들은 그녀가 자신은 예술계의 남성을 싫어한다며 쓸쓸히 웃었다.

"오빠는 예술계의 남자들과는 조금 다른 것 같아."

그러면서 혜성처럼 빛나는 배우보다 자신을 아껴 주는 평범한 사람이었으면 좋겠다고 했다.

예술계의 남자를 싫어하는 이유를 물어볼까 하다가 그만두기로 했다. 나는 그들과는 분명 다를 테니까.

시간이 늦었으니 얼른 들어가라는 말을 하며 그녀에게 인사를 하고 헤어졌다. 야간 버스를 기다리고 있는데 그녀에게서 메시지가 왔다.

'혜성처럼 빛나는 배우도 됐으면 좋겠어.'

야간 버스를 기다리며, 한 남자는 정류장에 서서 혜성처럼 빛나는 멋진 배우가 되기를 꿈꾸었다.

뮤지컬 〈작업의 정석〉 (2017)

평강공주 콤플렉스

그날부터 내 생애 처음으로 사내 연애를 시작하게 되었다. 그러나 달콤한 장밋빛을 상상했지만 현실은 달랐다.

잠들기 전 내일 새벽 다섯 시까지 그녀의 모교 앞으로 오라는 연락을 받았다. 그곳에서 두 시간 정도 춤 연습을 한 후에 인천으로 넘어가 공식 연습에 참여하자는 것이었다. 그녀와 나의 첫날은 그렇게 시작되었다.

다음 날 일찍 일어나 그녀의 모교 앞에서 하품을 하며 서 있었다. 계산해 보니 수면 시간이 다섯 시간도 되지 않았다. 그녀가 당돌한 성격이라고는 생각했지만 이렇게 새벽부터 같이 연습을 하게 될 줄은 상상도 못 했다.

동이 틀 무렵, 저 멀리서 검은색 옷을 입은 작은 체구의 좀비가 어깨를 축 늘어뜨린 채 걸어오고 있었다. 나는 반갑게 손을 흔들었다. 내 앞까지 졸린 눈을 하며 터벅터벅 걸어온 그녀가 말했다.

"깔끔하게 하고 나왔네? 나는 이만 닦고 나왔는데. 준비할 시간에 더 자지 그랬어?"

그녀가 눈을 비비며 앞장서 걸었다. 나는 천천히 캠퍼스를 구경하면서 그녀의 뒷모습을 바라보았다. 묶인 머리를 보니 정말 머리를 감지 않은 것 같았다. 무슨 옷을 입고 나갈까 몇 번이나 고민한 자신이 바보 같다는 생각이 들었다. 그녀를 따라 건물에 들어갔다.

오전 다섯 시 반의 이른 시간이었지만 빈 연습실을 찾기가 힘들었다. 몇 번이나 노크를 하면서 확인한 후에야 겨우 한 군데 발견했다.

"이게 대한민국 최고의 예술대학교 수준이야. 다들 이렇게 열심히 하는데 오빠도 열심히 해야겠지?"

연습실로 들어서면서 그녀가 말했다.

나도 대학 시절에는 밤을 새우며 연습을 했다는 말을 하려다 매서운 눈으로 날 보고 있는 그녀를 향해 천천히 박수를 세 번 치면서 고개를 끄덕였다.

옷을 갈아입고 연습을 시작했다. 그녀의 졸린 눈은 어느새 호랑이 눈으로 변했다. 그녀는 내 동작이 틀리거나 정확하지 않으면 '다시'라는 말을 외치며 이전과 같은 방법으로 연습시켰다.

그렇게 그녀와 나는 두 시간 동안 쉴 틈 없이 안무 연습을 했다. 연습이 끝나자 그녀가 오늘은 첫날이어서 가볍게 연습한 것이라며 시간이 없으니 빨리 옷을 갈아입으라고 재촉했다. 옷을 갈아입고 급행열차를 타기 위해 학교에서 역까지 달려갔다.

지하철을 타고 가면서 그녀가 나에게 개운하지 않으냐고 물었다. 옷을 갈아입어도 몸의 열기가 식지 않아서 계속 땀을 흘리고 있는 나를 보면서 즐거워하는 것 같았다.

"이렇게까지 해야 되니?"

원래 연습실에 일찍 가서 개인 연습을 하고 공식 연습에 참여하는 나로서는 새벽 다섯 시부터 이렇게 연습을 하는 것에 대해 의구심이 생겼다.

"전 작품 사람들 다 떨어졌다면서? 그 사람들 생각해야지. 그리고 오빠는 프로잖아?"

'전 작품 사람들'과 '프로'라는 단어가 그렇게 나를 할 말 없게 만들 줄은 몰랐다. 내가 아무 말도 못 하자 그녀가 나를 보면서 해맑게 웃었다.

운 좋게 붙어 있는 두 자리가 나서 우리는 나란히 앉아서 인천까지 갈 수 있었다. 그녀는 부족한 잠을 자야겠다고 하면서 이어폰 한쪽을 건네며 본인이 좋아한다는 노래를 들려주었다.

노래는 팝송이었다. 뮤지컬 곡이 아니면 듣지 않는 내겐 생소한 곡이었다.

그녀는 내 어깨에 몸을 기대고 눈을 감은 채 나의 노래와 연기는 무난하지만 춤은 못 봐주겠다며 지금은 약점을 보완해야 한다고 혼잣말처럼 중얼거렸다.

"다 들리거든."

"들으라고 하는 소리야."

그녀는 내 손을 꼭 잡고는 잠에 빠져들었다. 나를 위해 새벽부터 춤을 가르쳐 주는 그녀가 고마웠다. 그녀가 잠이 깨지 않게 최대한 움직이지 않으려고 노력했다.

항상 혼자서 연습을 하러 가던 내가 좋아하는 사람이 생겨 함께 가고 있다는 현실이 신기하게 느껴졌다. 한 시간 넘게 걸리는 거리가 좀 더 길었으면 좋겠다고 생각된 건 처음이었다. 보름도 남지 않은 연습 기간이 아쉽다는 생각도 들었다. 작품이 끝나면 그녀와 어떻게 될지 알 수 없었지만 지금이 너무 좋아서 깊게 생각하고 싶지 않았다.

그렇게 새벽부터 개인 연습과 공식 연습을 하면서 춤 실력이 나날이 늘게 되었다. 안무 감독님은 춤이 일취월장한다며 격려해 주었고 주위 배우들도 실력이 많이 늘었다며 응원해 주었다. 그럼에도 그녀는 쉬는 시간마다 나를 붙잡고 '다시'를 외쳤다.

확실히 사내 연애는 마성의 매력이 있었다. 거울을 통해 눈이 마주칠 때마다 윙크를 하는 것, 연습을 하는 중간에 사람들 속에서 스쳐 지나가다 손이 닿으면 잠깐 잡는 것, 식사 시간에 떨어져 앉아서 메신저로 이야기를 주고받는 행동들이 우리의 피로를 잊게 해 주었다.

지하철을 타고 연습하기 위해 오고 가는 시간들 속에서 우리는 서로에 대한 이야기를 나누었다. 그녀는 내가 배우를 하면서 겪었던 희로애락들을 흥미 있게 들어 주었다. 그런 그녀와 함께 있으면 내가 이 길을 걷게 된 이유가 어쩌면 이 사람을 만나기 위해서가 아니었을까 하는 생각이 들곤 했다.

하지만 서로 가지고 있는 예술관은 조금 달랐다. 그녀는 순수예술을 하면서도 돈을 버는 것이 중요하다고 했고, 나는 상업예술을 하면서도 돈이 중요한 건 아니라고 믿었다. 그러면서도 우리는 서로 상대를 이해하고 받아들이기로 했다. 그러나 사랑하는 사람들을 위해서는 돈을 벌어야 한다는 것은 나에게도 와 닿는 말이었다.

나는 내가 가지고 있는 예술관과 가치관을 공유할 수 있는 사람을 만나서 행복했다. 나에게 그녀는 후천적 소울메이트였다. 그렇게 시간을 보내면서 그녀를 향한 내 마음은 더 깊어져 갔다.

그녀의 아버지는 경기도권에서 큰 병원을 운영하고 있다고 했다. 수수하게 옷을 입고 꾸밀 줄 모르는 그녀가 부유한 집

딸이었다는 사실에 놀랐다. 그럼에도 그녀가 쓰는 말과 행동에 기품이 있었기 때문에 쉽게 납득이 갔다.

그녀는 어머니가 우리의 모든 과정들을 다 알고 있다고 하면서 나를 별로 좋아하지 않는다고 했다. 그런 이야기를 아무런 거리낌 없이 하는 그녀가 조금은 독특한 사람 같다는 생각이 들었다. 그녀는 어머니의 반대를 무릅쓰고 나와의 관계를 시작했다고 으스댔다. 그리고 우리가 알맞은 사람이 아닐 수도 있고 알맞은 시기에 만난 것이 아닐지도 모른다며 묘하게 웃었다. 그 웃음 속엔 씁쓸함도 묻어났지만 내가 좋다는 말에 행복을 느끼며 생각했다.

'우리 사이에는 뭔가 있으니까.'

공연이 시작된 어느 날, 그녀와 새벽 연습을 마치고 공연장으로 갔다. 공연 세 시간 전부터 메이크업을 받아야 하기 때문에 평소보다 조금 일찍 도착하여 무대에서 몸을 풀고 나서 메이크업을 받았다. 그런데 그녀를 찾을 수가 없었다. 공연장 여기저기를 돌아다녀도 그녀가 보이지 않아 전화를 했다. 그런데 전화를 받지 않자 그녀가 걱정되었다.

불이 꺼진 극장 안으로 들어가 휴대폰으로 라이트를 켜고 소대(배우가 대기하는 무대 옆 공간)를 확인했다. 그녀가 배를 잡고 누워 있었다. 나는 너무 놀라 그녀에게 업히라고 소리쳤다. 그녀는 괜찮다고 손사래를 쳤다. 그리고 자신은 다른 사람들보다 생리통이 심한 편이라고 하면서 지금 이대로 있고 싶다고 했다. 순간 새벽에 연습할 때 그녀의 표정이 평소보다 좋지 않아 보였던 게 떠올랐다. 컨디션이 조금 안 좋은 정도로만 생각했었는데 이렇게 바닥에 쓰러져 있을 정도로 고통스러웠는지는 전혀 몰랐다.

나는 기다리라는 말을 하고 대기실로 가서 지갑을 들고 나왔다. 스마트폰으로 공연장 근처에 있는 약국을 검색하며 걷다가 우연히 관계자들과 이야기를 나누고 있는 연출님을 만났다. 그는 무대 분장을 하고 어디로 가냐고 물었다. 당황해서 우물쭈물하고 있는 나에게 연출님은 무대 분장을 하고 밖으로 나가면 안 된다고 말했다. 나는 죄송하다며 고개를 숙여 사과를 한 후 다시 대기실로 들어갔다. 아픔을 참으면서 새벽 연습을 함께하던 그녀의 얼굴이 떠올랐다. 대기실 뒷문을 지나 무대 세트를 옮기는 건물 뒷문으로 극장을 나왔다. 연출님에게는 죄송하지만 머릿속에는 그녀에게 생리통 약을 사다 주어야겠다는 생각밖에 없었다.

안타깝게도 극장이 조금 외진 곳에 있어서 부근에 약국이 없었다. 근처 편의점에도 약이 없었기 때문에 지하철을 타고 한 정거장을 지나서야 약국을 찾을 수 있었다. 약국을 갔다 오는 동안 지나가는 사람들이 놀란 얼굴로 나를 쳐다보았다. 무대 화장을 하고 있는 게 눈에 띄어서 그랬겠지만 나는 괘념치 않았다.

약을 들고 그녀가 누워 있던 소대로 갔다. 그녀가 없었다. 극장 여기저기를 둘러보다 분장실에서 메이크업을 하고 있다는 것을 알게 되었다. 분장실에서 태연한 척 메이크업을 받고 있는 그녀가 대단해 보였다. 생리통 약을 손에 쥐어 주자 어디서 났냐고 그녀가 물었다. 프로 의식을 들먹거리면서 설교를 할 것 같아 동갑내기 여배우에게 구해 왔다고 얼버무렸다. 그 말이 끝나자마자 메이크업을 해 주던 선생님이 놀라는 얼굴을 했다.

"어머! 배우님 화장 무너졌어요!"

약을 구하러 다닐 때 날씨가 더워서 땀으로 화장이 다 지워진 모양이었다. 나는 놀라 무대에서 춤 연습을 해서 그런 것 같다며 둘러댔지만 메이크업 선생님의 표정은 좋지 않았다. 그녀는 메이크업 선생님에게 나머지는 자신이 마무리할 테니 대신 내 분장을 리터치해 달라고 했다. 메이크업 선생님의 잔소리를 들으며 다시 메이크업을 받는데 그녀가 분장실 거울을 통해 나를 보며 웃고 있었다.

공연이 끝난 후 지하철을 타고 집으로 가면서 그녀에게 물었다.

"도대체 얼마나 아팠길래 아까 그렇게 누워 있었어?"

"배를 칼로 계속 찌르는 느낌이었어."

"칼에 찔려 본 적 있어?"

내 물음에 그녀는 말없이 나를 째려보았다. 나는 웃으며 그녀의 시선을 피했지만 그런 고통을 겪으면서도 새벽 연습을 같이해 준 그녀에게 고마움을 느꼈다. 그녀가 나와 동갑내기인 여배우에게 물어보았다며 약을 사다 주어서 고맙다고 했다. 나는 고개를 돌려 그녀를 바라보았다. 그녀가 손가락으로 내 이마를 튕기며 연설을 시작했다. 무대 분장을 하고 밖으로 나가 돌아다니는 내가 배우로서 프로 의식이 없다는 것이었다. 그럼 진정한 프로라면 어떻게 해야 되느냐고 물었다.

"약을 가지고 다녔어야지."

그녀가 대답했다.

그리고 남자 친구로서도 프로가 되어야 한다고 진지하게 말했다. 꼭두새벽부터 '다시'를 외치던 그녀에게 나는 아무런 반박도 할 수가 없었다. 그러나 배우답지 못한 행동을 했지만 후회는 없었다. 배를 움켜잡고 바닥에 누워 있는 그녀를 본 그 순간만큼은 배우보다 그녀의 남자 친구였으니까. 걱정이 돼서 내일은 새벽 연습을 쉬고 공연장에 곧바로 가는 게 어떠냐고 그녀에게 제안했다.

"죽으면 영원히 쉴 수 있어."

그녀는 일언지하에 거절했다.

그 후로도 우리는 하루도 빠짐없이 새벽 연습을 하며 공연을 했다. 그렇게 삼 개월에 걸친 인천시 뮤지컬은 성황리에 막을 내렸다. 공연 쫑파티에는 전 작품의 주인공 선배도 찾아왔다. 그 선배와 인천시 뮤지컬의 주인공 선배들과 함께 어울려 꽤 오랜 시간 술을 마시며 이야기를 나누었다.

쫑파티가 마무리될 즈음에 연출님이 술자리에 들렀다. 그리고 내게 다가와 그동안 수고했다며 나라는 배우를 알게 돼서 너무 행복했다고 말했다. 이어 다음 작품은 공영방송국에서 주최하는 뮤지컬이라고 했다. 객석도 천오백 석의 큰 규모이기 때문에 오디션 준비를 잘해야 한다는 말을 덧붙이면서. 열심히 하겠다는 대답을 하고 선배들과도 준비를 잘해 보자며 서로를 응원하며 마무리 지었다.

나와 그녀는 다른 사람들보다 조금 일찍 쫑파티 자리에서 나왔다. 지하철을 타고 서울로 가면서 그녀에게 삼 개월 동안 고생 많았다는 말을 했다. 그녀는 내 어깨에 기대어 졸면서 내일부터 연습을 도와주겠다고 중얼거렸다. 나는 연출님이 말씀했던 오디션을 생각하며 집으로 향했다.

다음 날부터 우리는 연습실을 빌려 다시 연습에 매진했다. 이번에도 어김없이 나는 그녀의 '다시'를 들어 가며 땀을 흘렸다. 보름 후 오디션을 보게 되었다. 항상 그렇듯 많은 배우들이 기다리고 있었다. 후회 없이 준비해 온 전부를 오디션장에서 보여 주었지만 안타깝게도 결과는 불합격이었다. 연출님에게서 연락이 왔다. 대한민국에 훌륭한 배우가 많다는 것, 그들과의 경쟁에서 이기기 위해서는 더 노력해서 좋은 배우가 돼야 한다는 것이었다. 너무 아파하지 말라는 말과 함께.

좌절감으로 아무것도 할 수가 없었다. 그동안 연습을 하고 공연을 하면서 실력이 많이 늘었다고 생각했지만 아직 나는 풋내기 배우였던 것이다. 문득 지하철에서 그녀가 들려주었던 말이 떠올랐다. 초등학교 저학년 때부터 지금까지 무용을 하면서 깨닫게 된 것은 예술이라는 것이 죽을 만큼 노력해서 자신이 정상에 올랐다 싶어도 위를 올려다보면 또 다른 정상이 나온다는 것이었다. 정말 내가 예술이라는 것을 너무 쉽게 본 건 아니었을까.

며칠 후 그녀를 만나서 불합격했다는 사실을 알려 주었다. 그녀는 세상에 쉬운 일은 없다면서 내 어깨를 토닥였다. 자신은 내가 오디션을 본 작품에서 안무 감독을 보좌하는 조안무 겸 무용수로 콜이 왔다는 말에 내 마음은 더욱 복잡해졌다.

그녀는 초등학교 이 학년 때부터 지금까지 십오 년 넘게 무용을 해 온 자신과 같은 대우를 바라지 말라고 했다. 그러면서 자신에겐 안무가로서 뮤지컬계에 진출할 수 있는 좋은 기회이지만 거절의 의사를 보냈다는 것이었다. 나는 놀라서 다시 하겠다고 안무 감독님에게 말씀드리라고 설득했지만 그녀는 듣지 않았다. 나와 시간을 보내면서 학교 졸업 작품을 올리는 데 열중하고 싶다는 얘기였다. 공연을 하면서도 충분히 졸업 작품을 준비할 수 있다고 말해도 그녀의 고집을 꺾을 수 없었다.

그녀는 무명배우를 만나는 것에 대해 주변의 만류가 심했지만 내가 그냥 좋다고 했다. 그러면서 훌륭한 배우가 될 것이라고 믿는다며 자신의 선택을 후회하지 않도록 노력해 달라고 했다. 나는 더 이상 아무 대답도 할 수가 없었다.

그녀를 집까지 바래다준 후 집으로 향하는 버스를 탔다. 내가 오디션에 합격했다면 그녀가 그 좋은 기회를 놓치지 않았을 것이다. 그녀의 주변 사람들이 무명배우인 나를 만나는 것을 반대하는 이유를 알 것 같았다. 능력 없이 민폐만 끼치는 자신이 너무 원망스러웠다. 나도 모르게 눈물이 났다.

'감독님은 오빠를 못 믿었지만 나는 오빠 믿는다! 지금 이 모습이 오빠의 목적지가 아니라 정거장이라는 거.'

그녀에게서 메시지가 왔다. 메시지를 읽자 주체할 수 없을 정도로 아까보다 더 많은 눈물이 났다. 옆에 앉은 사람이 측은한 눈으로 나를 바라보는 것 같았다. 얼른 눈물을 훔치고 버스에서 내려 지하철로 갈아탔다. 이러고 있을 시간이 없다는 생각이 들었다.

다음 날부터 더 독한 마음을 먹고 연습에 돌입했다. 그녀는 그런 내 곁에서 항상 응원을 해 주었다. 그 연습 시간들 덕분에 당시 꽤 인기가 있던 뮤지컬 오디션에 합격해서 멀티맨으로 합류하게 되었다. 그전에 몇 번이나 관람했을 정도로 감동 깊게 본 작품이었다. 두 번이나 오디션을 봤다가 떨어졌었는데 세 번째 오디션을 보고 나서야 합격할 수 있었던 것이다.

그녀는 그 누구보다 기뻐해 주었다. 배우로서 멀티 역을 경험해 본 적이 없었던 터라 개인적으로는 큰 도전이었지만 이런 기회가 온 것이 너무 행복했다. 공연을 하면서도 그녀는 몇 번이나 관람을 하러 와 주었다.

프로 정신을 강조하는 그녀의 메소드에 영향을 받아서였을까. 공연을 하면서 일체 술자리를 갖지 않았다. 내일 올 관객들에게 최상의 컨디션으로 공연을 하고 싶었기 때문이다. 하루는 공연이 끝나고 남자 배우들끼리 술자리가 잡혔는데 나는 술은 마시지 않고 얼굴만 잠깐 비치고 귀가했다.

다음 날 극장에 오자 몇몇 배우들이 숙취에 힘들어하고 있었다. 아니나 다를까, 다들 평소보다 컨디션이 좋지 못했고 합도 맞지 않았다. 극이 감동적인 내용이었기 때문에 관객들은 만족했지만 개인적으로는 아쉬운 공연이었다. 공연이라는 것이 혼자 열심히 한다고 능사가 아니라는 생각이 들었다.

공연이 끝나고 나오자 로비에 앉아 있던 한 중년 아저씨가 본인이 암 환자라며 내게 악수를 청했다. 지금 암 치료를 받고 있는데 오늘 공연을 보고 마음이 따뜻해졌다며 꼭 더 살고 싶다는 것이었다. 그리고 좋은 공연을 보여 주어서 감사하다는 말을 남기고 로비를 떠났다.

그의 뒷모습을 보며 전날 술을 마시지 않은 게 정말 다행이라는 생각이 들었다. 무대라는 것이 절대 가벼운 마음으로 쉽게 설 수 있는 곳이 아니라는 사실을 다시금 깨달았다. 그 이야기를 그녀에게 들려주었다. 그녀는 프로는 돈을 받는 순간 최선을 다해야 하는 의무가 있다며 그 깨달음을 절대 잊지 말라고 했다.

그렇게 한 시즌을 행복하게 공연할 수 있었다. 하지만 언제부터인가 배우 페이가 입금되지 않았다. 대표는 미안하다며 배우들에게 기다려 줄 것을 호소했지만 결국은 시즌이 끝날 때까지 돈은 들어오지 않았다.

나에겐 돈보다 무대에 설 수 있는 것 자체가 소중했다. 배우에게 돈은 있어도 그만, 없어도 그만이라고 믿었다. 반면 그녀는 프로라면 돈을 받는 것이 당연한 권리라고 말했다. 그러나 대표에게 연락을 해 봐도 지금은 힘들어서 줄 수 없다는 소리만 반복했다. 화가 났지만 일개 배우인 내가 할 수 있는 건 없었다.

문득 대학로에 전설처럼 내려오는 모교 선배의 일화가 떠올랐다. 그도 공연을 한 후에 배우 페이를 받지 못하자 자기 공연이 없는 날 객석에 앉아 있다가 공연 중간에 무대에 올라가 돈을 내놓으라며 드러누웠다는 것이다. 그렇게까지 하고 나서야 밀린 페이를 받아 냈다고 한다.

며칠 후 페이가 밀린 대표가 하는 다른 공연을 수소문해서 관객으로 잠입해 들어갔다. 나도 모교 선배처럼 공연 중간에 무대에 올라가서 돈을 내놓으라고 깽판을 칠 심산이었다. 그렇게라도 해서 페이를 받아 내야 했다. 몇 달 동안 페이를 받지 못해 통장의 잔고가 바닥이었다.

공연이 시작되면서 나는 묵묵히 공연을 관람했다. 배우들을 보니 학교를 갓 졸업한 것 같은 어린 배우들이었다.

'저들에게 오늘 무대가 얼마나 소중할까.'

순간적으로 과거, 무대에 서는 것만으로도 행복했던 시절의 내 모습이 떠올랐다. 분명 오늘의 공연은 그 자체로 그들에겐 몹시 값진 시간일 터였다. 그리고 내게 악수를 청했던 암 환자 관객도 생각났다. 내가 그 공연을 망쳐도 될지 관람하는 내내 고민했다. 뛰쳐나갈 타이밍을 재면서도 무대 위의 배우들이 공연하는 동안 행복해하는 것을 느낄 수 있었다.

공연 중간이 돼서도 결심을 하지 못했다. 결국 나는 아무것도 하지 못한 채 극장을 나왔다. 배우라는 게 연기만 하면 되는 줄 알았는데 살면서 별짓을 다 해 본다 싶었다. 그럼에도 그 어린 친구들의 행복한 미소가 잊히지 않았다.

'잘한 거야.'

스스로에게 위로를 했지만 통장 잔고는 그대로였다. 풀이 죽은 채 집으로 가고 있는데 잠깐 보자며 그녀에게서 연락이 왔다. 조금 늦은 시간이었지만 나도 그녀가 보고 싶었다. 그녀의 집 근처에 있는 역 앞으로 가 기다리고 있는데 그녀가 다리를 절뚝거리며 나타났다. 놀라서 무슨 일이냐고 물었다. 졸업 작품 연습을 하다 발목을 접질렸다는 것이었다. 나는 그녀를 업고 집 쪽으로 향했다. 그녀는 쑥스러워하면서도 크게 싫지는 않은 것 같았다. 업고 가면서 오늘 있었던 이야기를 해 주었다. 그러자 뒤에서 살짝 목을 졸랐다.

"그럼 그렇지!"

그녀는 웃으면서 나는 다시 태어나도 그 모교 선배처럼 할 수 없을 것이라고 했다. 그렇지만 이 험난한 세상에 나처럼 착하게 살면 이용만 당할 거라며 강해져야 한다고 투덜거렸다.

"남의 등에 업혀서 말은 잘한다? 내가 착한 사람이니까 너 업어 주지."

"프로 남자 친구는 원래 이렇게 하는 거야!"

아까보다 조금 더 강하게 목을 조르던 그녀는 집 근처에 도착해서도 한 바퀴 더 돌 것을 주문했다. 목표를 이루지 못한 벌의 의미도 있지만 오늘을 잊지 말자는 의미도 있다면서. 집 근처 동네를 한 바퀴 더 돌았다. 목표를 달성한 우리는 집 앞에 있는 계단에 앉았다.

"살을 좀 빼는 게…."

"오빠, 나 요즘 졸업 작품 때문에 예민해."

낄낄거리며 웃었지만 그녀는 조용히 하라며 내 멱살을 잡았다. 나는 웃음을 멈추고 입을 다물었다. 그러자 근처 가정집에서 음악 소리가 들렸다. 라디오에서 나오는 음악 소리 같았다. 자세히 들어 보니 내가 좋아하는 클래식 〈죽은 왕녀를 위한 파반〉이라는 곡이었다. 그녀가 내 어깨에 기대더니 말했다.

"조용히 하니까 좋잖아."

우리는 한참 동안 말없이 그 곡을 들었다. 순간 그녀와 지하철에 앉아 인천을 왔다 갔다 하던 시간들이 떠올랐다. 세월이 빠르다는 생각이 들었다. 벌써 그 기억들이 반년 전의 일이었던 것이다. 그녀를 만나지 않았다면 지금쯤 나는 무엇을 하고 있을까 생각해 보았다. 상상이 되지 않았다. 그녀를 만나서 참 다행이다 싶었다. 그런 생각을 하고 있는데 그녀가 물었다.

"그거 알아?"

"뭐를?"

그녀는 말을 끊고 웃으며 나를 바라보고 있었다. 내가 몇 번이나 보채자 인천에서 했던 뮤지컬에 투입될 무용수가 원래는 자신이 아닌 다른 선배였다는 것이었다. 집도 인천에서 가깝고 성격도 사교성이 넘치는 사람이라고 했다. 그 말을 듣고 곰곰이 생각해 보았다. 사교성이 넘치고 인천에서 가까이 사는 사람이라면 그 작품을 하기엔 좋았겠지만, 나와는 연인으로까지 발전할 가능성이 없었을 것 같았다.

"그래서?"

내가 웃으면서 물었다

"우리 사이엔 뭔가 있다고 바보야."

"그런가…. 모르겠네."

나는 아까보다 더 크게 웃으면서 대답했지만 그녀는 계속해서 이야기를 이어 나갔다. 선배가 연습을 하다 발목을 다쳐서 한 달 정도 쉬어야 했는데 한 달이 지나도 완치가 되지 않아서 자신이 대타로 투입됐다는 얘기였다. 무용계를 떠나려고 마음먹고 있던 자신을 그 선배가 반강제로 그곳에 투입시켰다는 것이었다.

"무용을 그만두려고 했어?"

내 질문에 그녀는 말없이 고개를 끄덕였다.

"그래서?"

그녀는 다시 한 번 내 멱살을 잡으며 말했다.

"이 바보 온달은 언제까지 나를 평강공주로 살게 할 거야? 일일이 다 가르쳐 줘야 돼?"

그녀는 나와 연애를 하며 평강공주로 사는 게 얼마나 힘든지 아느냐고 물었다. 그리고 언제쯤 바보 온달이 훌륭한 장군이 될 건지 답답해하며 설교를 시작했다. 나는 말없이 그녀의 이야기를 들었다. 나도 모르게 얼굴에 미소가 번지는 것 같았다. 그리고 그녀의 말을 끊었다.

"그러니까 우리 사이에 뭔가 있다는 거지?"

"이제야 알아먹네."

그녀는 웃으며 내 어깨에 기댔다. 우리는 다시 아무 말 없이 가정집에서 흘러나오는 제목 미상의 클래식 음악을 들었다. 그리고 이번엔 내가 용기를 내서 그 공기의 고요함을 깼다.

"그거 알아?"

"뭐를?"

호기심 가득 찬 눈으로 나를 바라보는 그녀에게 말했다.

"내 인생에서 누구보다 너를 사랑해."

뜨거운 안녕

"결혼 축하드려요!"

나는 프러포즈에 성공한 예비 신랑과 행복의 눈물을 흘리고 있는 신부에게 축하 인사를 건넸다. 지인의 소개로 주말마다 프러포즈 이벤트 아르바이트를 하게 되었던 것이다. 비혼주의자인 내가 결혼의 최전선에서 그들을 위해서 일한다는 것이 아이러니했지만, 한편으로 평생을 함께할 수 있는 사람을 찾은 그들이 행운아라는 생각이 들었다. 큰돈을 내면서 프러포즈를 하고 신혼집을 장만하고 호화로운 예식장에서 식을 올린다는 것이 내게는 멀고도 낯선 일이었다. 나도 언젠가 그들처럼 될 수 있지 않을까, 하는 꿈을 꾸다가도 비어 있는 통장 잔고를 볼 때마다 현실을 깨닫곤 했다.

그렇게 현실과 싸우면서 꿈을 꾸고 연애를 하던 어느 날, 스포츠 브랜드와 음향기기 회사가 합작으로 만든 파란색 헤드셋을 생일선물로 받았다. 데이트를 하다 내가 예쁘다고 말했던 일을 그녀가 기억하고 있었던 것이다. 말도 안 되게 비싼 가격이어서 청음을 하다 바로 다시 진열대에 내려놓았던 기억이 떠올랐다.

"비싼 건데 뭘 이런 걸 샀어?"

"이거로 음악 들으면서 항상 내 생각해."

고맙다는 말을 몇 번 했지만 가격을 생각하면 너무 부담스러웠다. 졸업 공연 준비를 하는 동시에 남양주까지 가서 티칭을 하고 있는 그녀였다. 그렇게 번 돈으로 선물을 사 주었다고 생각하니 미안하기 짝이 없었다. 그녀가 내게 빨리 헤드셋을 사용해 보라고 보챘다. 그리고 쑥스러워하며 음악을 듣고 있는 나를 사랑스러운 눈으로 바라보았다.

"음질 좋지?"

나는 안 들린다는 입 모양으로 복화술을 쓰며 그녀에게 답했다.

"장난치지 말고."

그녀는 환하게 웃으며 똑바로 말해 보라고 했지만 꽤 즐거워 보였다. 답례로 그녀에게 저녁을 사겠다고 했다. 통장 잔고는 바닥이었지만 다행히도 그날이 프러포즈 이벤트 페이를 받는 날이었다.

우리는 근처 레스토랑으로 향했다. 밥을 먹으면서도 그녀에게 거듭 고맙다는 말을 했다. 그리고 얼마 남지 않은 졸업 공연에 대해 물었다.

"준비 잘돼 가?"

졸업 공연이 얼마 남지 않아 하루에 세 시간도 못 자면서 안무를 짜고 있다는 그녀는 무용수들이 자신이 원하는 대로 따라오지 못해 힘들다고 투덜거렸다. 종종 졸업 공연 연습을 하는 곳으로 찾아가 도넛과 커피를 건네주곤 했지만 다들 개성이 강해 보였다. 삭발을 한 여성 무용수부터 빨강 머리 샤기컷을 한 여성 무용수까지 누가 봐도 자유로운 영혼의 예술가들이었다.

힘내라는 내 말에 그녀는 졸업 작품을 망칠 것 같다며 어두운 표정을 지었다. 나는 함께했던 작품에서 그녀가 만든 안무가 가장 인상 깊었다고 말했다. 그러자 그녀의 기분이 조금은 풀리는 것 같았다.

그러다 내 오디션 준비에 대해 물었다. 열심히 준비하고 있다고 대답했지만 그녀는 졸업 작품 연습 때문에 함께하지 못해 걱정이라며 미심쩍은 눈빛을 보냈다. 다행히도 이번 오디션엔 안무가 없기 때문에 걱정하지 말라고 그녀를 안심시켰다. 지금은 졸업 작품 공연 생각만 하라는 말과 함께.

저녁을 먹고 계산을 하기 위해 식당 입구로 갔다. 잘 먹었다는 그녀의 말을 들으며 점원에게 카드를 건넸다. 하지만 점원이 몇 번이나 카드를 긁어도 결제가 되지 않았다.

"고객님, 잔액 부족이라고 나오는데요?"

늦은 저녁 시간이었지만 아직 프러포즈 이벤트 페이가 들어오지 않은 모양이었다. 순간 등줄기에 식은땀이 흘러내리기 시작했다. 어쩔 줄 몰라 하는 나를 보던 그녀가 자신의 카드를 내밀어 계산을 했다. 너무 부끄러워 점원에게 인사도 하지 못한 채 밖으로 나왔다. 계산을 하고 뒤따라 나온 그녀가 잠시 아무 말 없이 나를 바라보았다. 무슨 말을 해야 할지 몰랐다. 그러자 그녀가 내 이마를 손가락으로 튕기며 말했다.

"먹고살기 힘들지?"

남자가 돈 때문에 기죽어선 안 된다는 그녀의 눈을 차마 볼 수 없었다. 그녀는 이것도 생일 선물이라는 말을 하며 대신에 집까지 데려다 달라고 풀이 죽어 있는 나를 달랬다. 생일날 여자 친구에게 밥 한 끼 사 주지 못하는 현실에 비참함을 느끼며 그녀의 집으로 가기 위해 지하철을 탔다.

우리는 선 채로 시시콜콜한 이야기를 나누고 있었지만 내 머릿속은 복잡했다. 과연 내가 좋은 남자 친구인지 의구심이 들었다. 중간쯤 지났을 무렵, 갑자기 사람들이 밀려 들어왔다. 우린 그들과 부대끼면서 갈 수밖에 없었다.

그때 그녀가 아무 말 없이 휴대폰으로 메시지를 보냈다. 내게 선물로 준 헤드폰을 꺼내 보라는 것이었다. 그리고 가방에서 오디오 멀티 잭과 이어폰을 꺼내더니 내 핸드폰의 이어폰 연결 구멍에 꽂았다. 그리고 그녀의 이어폰과 선물 받은 헤드폰을 연결시켰다. 각자의 음향기기를 귀에 꼽은 우리는 웃으며 서로를 바라보았다. 그녀는 나에게 좋아하는 곡을 들려달라는 메시지를 보냈다. 잠시 생각하던 나는 조지 마이클의 〈kissing a fool〉을 재생시켰다.

시끄러운 소음이 가득 찬 지하철 안으로 잔잔한 재즈풍의 음악이 흐르기 시작했다. 지하철 속에서 그녀는 말없이 웃고 있었다. 밀려드는 사람들로 우리는 평소보다 더 가깝게 붙어 있었다. 수많은 사람들 속에서 둘만 존재하는 것 같았다. 순간 내가 지금은 돈도 능력도 없지만 꼭 이 사람을 위해서 기필코 성공해야겠다고 맹세했다.

지하철에서 내려 손을 잡고 아무 말 없이 집을 향해 걸어갔다. 그녀는 무슨 생각을 했는지 모르겠지만 나는 그녀와 함께라면 어떤 현실의 힘든 벽이라도 넘을 수 있을 것 같았다. 집 앞에 도착하자 그녀가 먼저 입을 열었다.

"졸업 공연 날 엄마 아빠도 오시니까 인사드려야 해."

나는 놀라서 그녀를 바라보았다. 그리고 알겠다고 대충 얼버무리고 그녀와 헤어졌다. 이런저런 생각을 하면서 집으로 향했지만 마음이 너무 무거웠다. 아직 상대방의 부모님을 만

날 자신이 없었다. 다시 한 번 식당에서 계산을 하던 그 순간이 떠올랐다. 이런 내가 무슨 낯짝으로 그녀의 부모님을 뵐 수 있을까. 어쩌면 이런 일은 시작에 불과할 수도 있었다. 돈이 전부는 아니라지만 그것이 없으면 비참해지고 초라해진다는 사실을 새삼 깨달았다.

프러포즈 이벤트를 하면서 때때로 오디션을 보러 다녔다. 그러나 번번이 불합격이었다. 새로 작품을 한다는 것이 정말 어려웠다. 내가 배우로서의 재능이 없는 게 아닐까 점점 두려운 생각이 들었다. 여기까지 오게 된 것이 순전히 내 고집과 가족들의 응원 덕분이었을지도 몰랐다. 그러면서도 무대가 너무 그리웠다. 그리고 나 때문에 속앓이하고 있을 그녀에게도 미안한 마음이었다.

며칠 후 그녀의 졸업 공연 날이 되었다. 부담을 주고 싶지 않아서 잘하라는 말보다는 끝나고 잠깐 보자는 연락만 남긴 후 공연을 관람했다. 몽환적이면서도 어두운 느낌의 작품이었지만 그녀가 가지고 있는 내면을 잘 표현했다는 생각이 들었다. 한편으로는 그녀의 재능이 부러웠다. 왜 나에게는 재능이 없는 걸까 싶으면서 마음이 무거워졌다.

공연이 끝나고 그녀에게 꽃다발을 건넸다. 환한 웃음을 지으며 꽃향기를 맡는 모습이 사랑스러웠다. 꽃다발 가격이 부담스러웠지만 그 모습을 본 것만으로 돈이 아깝지 않았다. 이야기를 나누고 있는데 그녀의 부모님이 나타났다. 나는 깍듯하게 인사를 했다. 아버님은 웃으면서 악수를 청했다. 하지만 어머님은 굳은 표정으로 눈길 한 번 주지 않았다. 순간 어머님이 나를 좋아하지 않는다던 그녀의 말이 떠올랐다. 내 머릿속에는 빨리 이 자리를 떠야겠다는 생각뿐이었다. 그럼에도 아버님은 계속 나에게 말을 거셨다.

"요즘은 어떤 작품을 하고 있어요?"

"쉬면서 오디션을 보러 다니고 있습니다."

잠깐 고민을 하다 솔직하게 대답했다.

내 말에 어머님은 한층 더 표정이 안 좋아졌지만 아버님은 껄껄 웃으며 고생이 많다고 격려해 주셨다. 그리고 금방 좋은 작품을 할 수 있을 거라며 그녀를 잘 부탁한다고 하셨다.

아버님이 다 같이 식사를 하자는 제안을 했지만 도저히 그럴 수가 없었다. 어머님의 표정이 안 좋았기도 했지만 두 분에게 내 민낯을 다 드러내고 싶지 않았다. 그리고 무엇보다 그 자리에 있을 자신이 없었다. 그녀도 계속 함께 식사를 하자고 졸랐지만 나는 약속이 있다며 정중히 거절하고 그 자리를 빠져나왔다.

'나는 왜 자랑스러운 남자 친구가 될 수 없는 걸까.'

집으로 돌아가는 내내 그런 생각을 했다. 그리고 내가 겪는 모든 일들이 배우이기 때문이라는 생각도 들었다. 가난한 무명배우인 자신이 너무 비참하고 싫었다. 그녀가 말한 예술을 하는 사람들이 받아들여야 하는 숙명이 이런 것인가 싶기도 했지만 내겐 너무 버거운 일이었다. 배우를 그만두고 안정적인 삶을 살고 있는 친구들이 떠올랐다. SNS를 보면 그들이 참 행복해 보였다. 이 현실을 바꾸기 위해서 내가 무엇을 해야 할지 알 수가 없었다.

집 근처에 있는 대학교 교정을 거닐면서 머리를 식혔다. 앞으로 있을 오디션 준비를 해야 했기 때문에 정신적으로 흔들릴 수는 없었다.

'오늘 와 줘서 너무 고마워.'

벤치에 앉아 생각에 잠겨 있는데 그녀에게서 연락이 왔다. 나는 좋은 작품을 보여 줘서 고맙다는 말과 함께 졸업을 축하한다고 답했다. 다시 생각해 봐도 너무 멋진 작품이었다. 예술가로서 그릇의 크기를 실감할 수 있었다. 그러면서 생각했다. 내가 지금 겪고 있는 어려움들의 이유가 직업이 배우여서가 아니라 나 자신이 배우로서 능력이 부족하기 때문이 아닐까 하는.

다음 날부터 코피를 쏟으며 연습했다. 고교 시절 입시를 할 때도 겪은 적이 없던 경험이었다. 내가 빨리 성공하지 않으면 그녀를 놓쳐 버릴 것만 같았다. 하루빨리 멋진 배우가 돼서 그녀와 그녀의 부모님에게 당당해지고 싶었다.

그렇게 노력한 덕분에 운이 좋게도 대학 시절부터 꿈꾸었던 유명 창작 뮤지컬 오디션에 합격하게 되었다. 그녀에게 이 소식을 빨리 알려 주고 싶었다. 나는 할 말이 있다고 그녀를 불렀다. 그녀도 나에게 할 말이 있다고 했다. 카페에서 만난 우리는 이런저런 수다를 떨었다. 서로 할 말이 뭔지 물었지만 알려 주지 않았다. 몇 번이나 실랑이를 하다 그녀가 먼저 중요한 이야기가 있다며 입을 열었다.

"나, 뮤지컬 안무가로 입봉하게 됐어."

그녀는 조금은 신이 난 듯했다. 극단 관계자가 졸업 작품 공연을 보고 안무가 제의를 했다는 것이었다. 공연계에서 유명한 극단이어서 너무 기뻤다. 내가 오디션에 합격했다는 이야기는 다음에 하는 것이 좋겠다는 생각이 들었다. 하루라도 빨리 훌륭한 안무가가 되어서 나를 캐스팅해 달라는 농담을 건넸다. 그녀는 웃으며 단칼에 거절했지만 다시 한 번 같이 작품을 했으면 좋겠다고 했다.

그렇게 미래에 대한 상상을 하면서 이야기를 주고받다가 화장실에 갔다. 신이 나서 콧노래를 부르며 화장실을 나오는데 그녀가 격앙된 어조로 통화를 하고 있었다.

"내 인생 내가 알아서 한다고!"

나는 깜짝 놀라서 화장실로 다시 들어갔다. 그녀의 자리가 화장실에서 그리 멀지 않은 거리여서 어렵지 않게 말소리를 들을 수 있었다. 나는 숨을 죽이며 귀를 기울이기 시작했다. 그녀의 어머니라는 예감이 들었고 내 예감은 틀리지 않았다. 아마도 나와 헤어지라는 내용의 통화인 것 같았다.

순간 과거 부모님이 옥탑방에서 살 정도로 가난했었다는 그녀의 말이 머릿속을 스쳐 지나갔다. 그럼에도 열심히 노력해서 지금은 큰 병원을 운영할 정도로 성공했지만 그 과정에서 어머니가 너무 고생을 많이 했다는 것이었다. 그래서 당신의 딸은 안정적인 사람과 만나 결혼하는 것이 꿈이라고 했다. 그 꿈은 어쩌면 너무나 당연한 것일지도 몰랐다. 무명배우인 나는 엘리트의 길을 걸어가고 있는 그녀와 어울리지 않았다. 마음이 아팠지만 나는 인정할 수밖에 없었다.

그녀의 통화가 끝나자 적당한 타이밍에 다시 자리로 돌아갔다. 아무 일도 없었다는 표정으로 앉아 있었지만 그녀는 우울한 눈빛을 숨기지는 못했다.

우리는 비슷한 시기에 각자 작품의 연습을 시작하게 되었다. 그녀는 내가 새로운 작품에 들어간 것을 나보다 더 기뻐해주었다. 자신도 어렸을 때 본 적이 있는 작품이라면서 빨리 공연하는 것을 보고 싶다며 즐거워했다. 그 모습을 보며 한편으로 마음이 무거웠다. 그녀와 함께 작업을 하는 배우들은 대부분 티브이 드라마에 주연으로 활동하고 있을 정도로 유명한 사람들이었다. 나도 모르게 그들과 비교하게 되면서 점점 자신이 초라하게 느껴졌다.

'차라리 내가 예술계에 종사하지 않았더라면….'

노력을 해서 달려가도 그녀는 다시 저 멀리 가 있었다. 좁혀지지 않는 그 거리를 극복해 낼 수 있을지 자신이 없었다. 나에게 과분한 사람이 아닐까라는 생각이 들기 시작했지만 그럼에도 함께하고 싶었다. 너무 소중한 사람이었기에.

새로 들어간 뮤지컬은 오랫동안 관객들에게 사랑을 받아 온 훌륭한 작품이었다. 오디션에 합격한 것만으로도 그해의 운을 다 써 버린 게 아닐까 하는 생각이 들 정도로. 오디션에 합격한 배우들도 멋진 재능을 가지고 있었다. 그중에서도 가창력이 뛰어난 J와 감성적으로 노래를 잘하는 S, 연기를 잘하는 B는 지금까지 본 적 없는 특출한 배우들이었다. 나는 진심으로 그들에게 매료되었고 나이와 성별을 떠나서 존경하게 되었다. 배우로서의 능력뿐만 아니라 인성 또한 흠이 없었다. 배우를 하면서 처음으로 친구라고 부를 수 있는 사람들이었다.

철학적인 성향이 강한 내용이어서 전에 했던 작품들과는 비교할 수 없을 정도로 연기하기가 어려웠다. 그리고 연출은 훌륭한 연기 스승이었지만 성격이 괴팍했다. 그는 항상 과일 원액을 넣은 소주를 마시며 배우들의 연기를 지켜보았다. 그러다가 마음에 들지 않으면 고성을 지르기 일쑤였다. 하지만 그의 지적은 정확해서 누구도 이의를 제기할 수 없었다.

"네가 하는 연기는 가짜 연기야!"

그의 말이 틀리지 않았다. 그렇게 나는 가짜 연기로 관객 모독을 하면서 배우 생활을 해 왔던 것이다. 다시 한 번 배우로서의 재능에 의구심이 들었지만 인정받는 배우가 되고 싶었다. 머릿속에는 연기를 잘하는 배우가 되어야겠다는 생각밖에 없었다.

아침 열 시부터 밤 열 시가 넘는 시간까지 연습을 하는 날들이 늘어 갔다. 아르바이트를 할 시간도 없었고 그녀와 만나는 시간도 점점 줄어들었다. 그런 중에 나를 가장 힘들게 했던 건 연습을 하는 동안 수입이 없어 단돈 천 원에도 벌벌 떠는 사람이 되었다는 것이었다. 어쩌다 쉬는 날에도 돈이 없어 그녀를 만날 수가 없었다. 기념일에도 아무것도 해 주지 못했다.

결국 그녀가 전화기 너머로 울면서 힘들다고 말했다. 나는 그녀에게 아무 말도 하지 못했다. 그 누구를 탓할 수도 없었다. 능력이 없는 나 때문이니까. 그녀가 나보다 더 멋지고 능력 있는 사람을 만나 행복했으면 좋겠다는 생각이 들었다.

며칠 후 연습이 끝난 뒤 자정쯤 그녀의 집 앞으로 찾아갔다. 많은 추억들이 서린 곳이었다. 그녀도 연습을 끝내고 나보다 조금 늦게 집 앞에 도착했다. 그리고 말없이 나를 바라보았다. 아마도 내가 할 이야기를 이미 알고 있는 것 같았다.

"우리 여기까지 하자."

내 말이 끝나기가 무섭게 그녀가 눈물을 흘렸다. 그녀답게 이를 세게 물고 참으려는 것 같았지만 뚝뚝 떨어지는 눈물이

메마른 땅바닥 위로 얼룩졌다. 잠시 후 내게 이유를 물었다. 나는 얼룩 자국을 보며 가난한 무명배우인 내가 해 줄 수 있는 게 없다는 말과 함께 돌아섰다. 더 이야기를 나누면 마음이 약해질 것 같았다.

"상업예술을 하는 사람이 가난한 건 능력이 없기 때문이야!"

등 뒤에서 그녀가 흐느끼며 소리를 질렀다. 나는 발걸음을 멈추고 몸을 돌렸다.

"네 말이 맞아. 그러니까 다신 나 같은 사람 만나면 안 돼."

아까보다 더 격하게 흐느끼면서 그녀는 자신이 무용을 그만두려 했던 이유를 말하기 시작했다. 좋은 대학교를 다녀도 춤으로 돈을 벌기가 어려워 다른 일을 할까 망설이기도 했지만 포기하지 않은 덕분에 결국 나를 만나 작품도 같이하고 뮤지컬 안무가의 꿈을 이루었다는 것이었다. 누구보다 자존심이 센 그녀가 한 번도 한 적이 없는 이야기였다.

"오빠도 지금은 힘들겠지만 절대 포기하면 안 돼."

고맙다는 말을 하고 돌아서서 걸음을 재촉했다. 흐느끼는 소리가 점점 멀어지면서 내 눈에도 눈물이 흘러내렸다. 큰소리를 치며 그녀에게 성공을 약속하던 순간들이 스쳐 지나갔다. 처음 만났을 때의 눈빛, 고백하던 순간의 기억, 같이 연습을 하던 시간, 오디션 합격했을 때 누구보다 날 위해서 기뻐해 주던 모습들이 떠올랐다. 그리고 나는 깨달았다. 나는 세상에서 가장 무책임한 거짓말쟁이라는 것을.

이별이라는 것을 겪어도 달라지는 것은 없었다. 그녀와 헤어진 다음 날에도 내 통장엔 돈이 없었고 아침 열 시부터 연습은 시작되었다. 가슴에 큰 구멍이 난 것처럼 마음이 허전했다. 배우 S와 B는 기운이 없어 보이는 내게 무슨 일이 있느냐며 걱정해 주었다. 나는 아무 일 없다고 얼버무렸지만 믿지 않는 눈치였다.

그날따라 연습 분위기가 좋지 않았다. 공연이 얼마 남지 않았는데 연출이 생각한 만큼 배우들이 따라가지 못했기 때문이었다. 자정이 넘어서도 연습은 계속되었지만 난 도저히 집중을 할 수가 없었다. 연습하는 내내 그녀의 우는 모습이 떠올랐던 것이다. 그래서 연출의 코멘트도 귀에 들어오지 않았다.

참다못한 연출은 마시고 있던 술잔을 내게 집어던지며 이 작품에서 나가라며 소리쳤다. 그리고 공연을 하고 싶으면 지금 당장 광화문에 있는 이순신 동상 앞에서 '나는 연기 X밥이다'라고 외친 것을 촬영하고 다음 날 오전에도 똑같이 한 것을 촬영해서 자신에게 보내라는 것이었다. 평소 같았으면 아무것도 못한 채 얼어 있었을 텐데 하나도 무섭지 않았다. 나도 모르게 헛웃음이 나왔다

'여기까지구나.'

배우로서 여기까지라는 생각이 들었다. 함께 연습을 하고

있던 배우들은 숨을 죽인 채 나를 바라보았다. 나는 고개를 숙여 연출에게 인사를 한 후 가방을 가지고 연습실을 나왔다. 어차피 내게 선택지는 없었다. 자정이 넘은 시각이라 대중교통은 끊겼고 택시를 타고 갈 돈도 없었다. 연습실을 나오자마자 배우 J가 뒤따라 나왔다.

"뭐해? 얼른 차에 타!"

광화문까지 차로 데려다주겠다는 것이었다. 그러면서 망설이는 나에게 자존심도 없냐고 질책했다. 나는 말없이 차에 탔다.

광화문에 도착하자 영상을 찍을 때까지 기다렸다가 집까지 데려다주겠다는 J를 만류하고 보냈다. 더 이상 민폐를 끼칠 수 없었다. 걱정 가득 찬 눈빛으로 바라보던 J에게 고마움을 느꼈다.

광장에 들어서자마자 눈앞으로 노란색 리본과 깃발들이 휘날리고 있었다. 정처 없이 불어오는 바람에 실린 슬픔들이 고스란히 전해지는 것 같았다. 이곳에서 내가 이 짓을 해도 되는 건지 망설여졌다. 순간 연출이 나에게 해 주었던 일화가 떠올랐다. 과거 그가 연기를 못해서 잘랐던 배우가 주식으로 백억을 벌어 공연에 투자하기 위해 다시 나타났다는 것이었다. 백억에 지지 않을 정도의 강력한 배우 철학을 가져야 한다는 얘기였다. 여기까지 와서 배우를 그만둘 수 없었다. 나는 용기를 내어 발을 내디뎠다.

'미안합니다.'

수많은 노란색 리본과 깃발을 뚫고 이순신 동상 앞에 섰다. 주변에는 순찰을 돌거나 보안을 위해 배치된 경찰들도 있었다. 심호흡을 하고 핸드폰을 꺼내 동영상 녹화 버튼을 눌렀다. 소리를 지르려고 했지만 쉽게 나오지 않았다. 몇 번을 시도하다 결국 핸드폰을 떨어뜨렸다. 운이 없게도 카메라 렌즈에 심한 금이 갔다. 더 이상 물러날 수가 없었다.

'지금은 힘들겠지만 절대 포기하면 안 돼.'

내가 능력이 있고 훌륭한 배우였다면 그녀를 슬프게 하지 않았을 거란 생각이 들었다. 부디 나보다 좋은 사람 만나서 행복하게 살길 바라며 다시 핸드폰을 꺼내 녹화 버튼을 눌렀다.

'미안해, 안녕!'

나는 벅차오르는 감정을 담아 이순신 동상 앞에서 외쳤다.

"나는 연기 X밥이다!"

'정말, 안녕!'

"나는 연기 쓰레기다!"

몇 번이나 목이 터져라 소리를 지르자 리본과 깃발들 속에서 사람들이 나와 바라보았다. 근처에 있는 경찰들도 나를 보고 있었다. 더 이상 두려울 게 없었다. 그 무엇도 무섭지 않았다.

흐르는 눈물을 닦으며 그곳을 빠져나와 야간 버스를 타고 집으로 향했다. 버스 안에서도 흐르는 눈물을 주체할 수가 없었다. 지금 겪는 것들이 훗날 내가 훌륭한 배우가 되기 위한 밑거름이 될 거라 믿고 싶었다. 사랑하는 사람을 지키려면 강해져야 한다는 생각을 했다. 마르지 않는 눈물은 내가 강해지려면 아직 멀었음을 말해 주고 있었다.

다음 날 오전, 다시 이순신 동상 앞에서 촬영을 하고도 내 눈물은 멈추지 않았다.

'오빠가 행복하게 살았으면 좋겠어, 진심으로. 그게 나의 행복이야. 언제나 응원할게.'

영상을 찍은 뒤 버스를 타고 연습실로 향하는데 그녀에게서 메시지가 왔다. 그녀의 말처럼 다른 누구를 위해서가 아닌 나 자신이 행복하기 위해서 연기를 해야겠다고 다짐했다. 사랑하는 사람을 지키지 못한 나였지만 내 행복이 그녀의 행복이라는 마지막 말을 지키고 싶었다.

'행복하게 연기를 해야지, 그녀를 위해서라도.'

몇 년의 시간이 흘렀다. 내가 주인공인 연극에 멀티맨 역을 맡고 있는 배우가 자기가 출연하는 뮤지컬 공연을 보러 오라고 초대를 했다. 동갑내기인 그가 다른 배역을 연기하는 모습을 보고 싶어 세종문화회관으로 갔다. 공연장에 들어가기 전 근처에 있는 이순신 동상 앞에 다시 가 보았다. 감회가 새로웠다. 이제는 그날을 웃으면서 추억할 수 있을 정도로 시간이 흘렀고 그때보다 단단해진 자신을 느낄 수 있었다. 너무나 감사한 경험이었다.

극장에 들어가 작품의 팸플릿을 보았다. 놀랍게도 그녀가 안무 감독을 맡고 있었다. 헤어지고 한 번도 연락을 못 했지만 이렇게 좋은 극장에서 올리는 공연의 안무 감독이 된 그녀가 자랑스러웠다. 공연을 관람하는 내내 배우들의 안무를 보면서 그녀를 느낄 수 있었다.

관람이 끝나고 친구에게 인사를 했다. 그날이 공연 마지막 날인 것 같았다. 인사를 끝마치고 공연장을 나오는데 저 멀리 로비에서 축하를 받고 있는 그녀가 보였다. 화장은 조금 짙어졌지만 여전히 작은 키에 굽이 높은 구두를 신고 있었다. 나도 모르게 웃음이 나왔다. 그리고 진심으로 바랐다. 그녀가 행복하길.

빠르게 극장을 나왔다. 멀리 서 있는 이순신 동상이 눈에 들어왔다. 뒤를 돌아 세종문화회관을 바라보며 마음속으로 나직이 속삭였다.

'안녕, 나의 평강공주.'

바람의 노래

대학로 소재의 대형 컴퍼니에서 제작하는 뮤지컬 최종 오디션을 보던 어느 날이었다. 두 명이서 극을 이끌어 가는 이 인극 뮤지컬이었기에 배우로서 욕심이 나는 작품이었다. 남자 배우는 나를 포함해서 두 명, 여자 배우는 세 명이 최종 후보였다. 오디션 장소는 현재 공연을 하고 있는 극장이었다. 여자 배우들은 처음 보는 사람들이었지만 나와 경쟁을 할 남자 배우는 그의 공연을 몇 번이나 관람했을 정도로 나보다 경력이 많은 사람이었다. 그를 보는 순간 위축되었지만 최선을 다해야겠다고 생각했다.

객석 뒤쪽에는 심사의원들이 앉아 있었고 배우들은 앞줄에 앉아 자신의 순서를 기다렸다. 그리고 각자 호명된 순서에 따라 지정 연기를 마치고 다시 자리에 앉았다. 마지막 배우의 연기가 끝나자 심사의원 중 한 명이 배우들에게 말했다.

"자유곡 한 곡씩 부탁드릴게요."

최종 오디션은 연기만 준비해 오면 된다는 연락을 받아서 조금 놀랐지만 평소에 연습해 왔던 곡 중에서 작품에 어울릴 법한 노래를 부르기로 마음먹었다. 가장 먼저 내 이름이 호명되었다. 나는 다시 무대에 올랐다. 사실 경쟁자를 이길 자신이 없었지만 후회 없이 오디션을 보고 싶었다. 여기까지 온 것만으로도 좋은 경험이라는 생각이 들었다. 그리고 마음을 편하게 먹고 평소대로 노래를 불렀다. 노래가 끝나자 다른 남자 배우가 무대에 올라 난처한 듯 말했다

"지정 연기만 준비해 오라는 연락을 받아서 어제 술을 많이 마셨습니다."

그래서 목소리 컨디션이 좋지 않다는 말에 심사위원들은 그냥 편하게 부르라고 그를 안심시켰다. 그럼에도 그는 긴장한 듯 보였고 만족스럽게 노래를 부르지 못한 것 같았다. 평소에 술을 마시지 않아서 다행이라는 생각이 들었다.

며칠 후, 운이 좋게도 합격 연락을 받았다. 배우를 하면서 처음으로 연습 페이를 받았다. 규모가 큰 회사여서 체제가 잘 잡혀 있는 듯했다. 배우들 프로필 사진도 전문 스튜디오에서

찍었을 뿐만 아니라 개인 의상도 제공되었다.

더욱 놀라운 것은 연출과 음악감독님이 상당히 젊다는 점이었다. 나와 나이 차이도 크게 나지 않아서 즐겁게 연습할 수 있었다. 특히 음악감독님은 젊은 나이에도 불구하고 뛰어난 작곡가였다. 그녀가 음악감독 겸 작곡으로 참여한 뮤지컬을 관람한 뒤 진심으로 그녀를 존경하게 되었다. 예술이라는 것은 나이가 중요하지 않다는 사실을 새삼 깨달았다.

공연이 시작되면서 내 얼굴이 실린 팸플릿이 제작되고, 지하철역뿐만 아니라 대학로 여기저기에 포스터가 붙여졌다. 감회가 새로웠다. 처음 배우를 꿈꾸었을 무렵 상상했던 미래의 모습이 얼추 지금과 비슷했을 것 같았다.

시간이 흘러 첫 번째 시즌이 지나고 두 번째 시즌에는 전에 작품을 같이했던 절친 배우 S가 여자 주인공으로 합류하였다. 힘들었던 시절, 좋은 무대에서 다시 만나자고 한 약속을 지키게 된 것이다. 함께 고생하던 친구와 무대에서 재회를 하게 되어 가슴이 뭉클했다. 많지는 않지만 공연을 보러 와 주는 팬들도 점점 늘어났고 일본에서 공연을 보러 오는 관객도 생겼다. 덕분에 소식이 끊겼던 사람들도 만나게 되었다.

그러던 어느 날, 공연을 같이했던 선배 둘이 내 공연을 보러 오겠다는 연락이 왔다. 과거 앙상블을 하던 시절과 달리 주인공이 되어 공연을 하는 내 모습을 보여 줄 수 있어서 너무 기뻤다. 날짜를 정하고 그들을 초대했다.

공연 당일, 나는 평소보다 조금 일찍 극장에 도착하여 몸을 풀고 노래 연습을 했다. 그들에게 그 어느 때보다 최상의 컨디션으로 좋은 공연을 보여 주고 싶었다. 관객 입장을 하기 조금 전에 두 선배가 배우 대기실로 찾아왔다. 나는 한 명 한 명 포옹을 하며 반갑게 둘을 맞았다. 선배들은 자기들 뒤에서 병사를 하던 내가 출세했다며 축하해 주었다. 꽤 오랫동안 연락을 하지 못해 미안한 마음 한편으로 내가 주인공을 맡은 사실을 알고 공연을 보러 온 그들에게 고마움을 느꼈다. 그들은 못다 나눈 이야기는 공연이 끝난 후에 계속하자며 대기실을 나갔다.

나는 상대 배우인 S에게 특별한 손님이 왔으니 멋진 공연을 만들어 보자고 말했다. 그리고 신이 나서 그들과 있었던 일화들을 그녀에게 얘기하고 있는데 또 다른 절친 J에게서 전화가 왔다.

"혹시 그 오빠들, 네 공연 보러 왔어?"

나는 놀라서 두 선배를 어떻게 아느냐고 물었다. 내 질문에 답하지 않고 그녀는 어두운 목소리로 내게 말했다.

"그 사람들 다단계야."

나는 멍하니 J가 하는 이야기를 듣고 있었다. J는 그들이 자신의 주변 배우들에게도 다단계를 권하고 다녀서 소문이 파다하다는 것이었다. 우연히 다음 타깃이 나로 정해졌다는 이야기를 듣고 걱정이 돼서 내게 연락한 거라고 했다. 처음에는 그 말을 믿을 수 없었지만 확인해 보니 J가 말해 준 다단계 회사 로고가 두 사람의 메신저 프로필에 등록되어 있었다. 그제야 나는 J의 말을 믿게 되었다. 고맙다는 인사를 하고 전화를 끊었다.

"오늘 공연 정말 잘해 보자."

S에게 말하고 오프닝 멘트를 하기 위에 무대에 섰다. 많은 관객들 중에서 유난히 두 선배가 눈에 들어왔다. 그들이 주인공을 할 때 나는 그 뒤에서 앙상블을 하며 그들처럼 멋진 배우가 되고 싶다는 생각을 했었다. 그리고 그 꿈으로 긴 시간을 버텨 왔다.

과거 동경했던 사람들이 내가 주인공인 공연을 보고 있었다. 그런데 그들의 목적은 나를 다단계의 세계로 끌어들이는 것이었다. 그들과 눈이 마주치자 눈물이 핑 돌았지만 꾹 참고 오프닝 멘트를 마무리 지었다. 소대기실에 들어가 흘러내리는 눈물을 닦았다. 이 인극이어서 쉴 틈이 별로 없었다. 공연을 하는 내내 그들과 눈을 마주치지 않기 위해서 노력했다. 그럼에도 눈물이 날 것 같았다. 결국 소대기실에 들어갈 때마다 참지 못하고 흐르는 눈물을 닦았다.

공연을 하는 동안 그들이 과거에 내게 해 주었던 조언과 가르침들이 머릿속을 스쳐 지나갔다. 그 슬픔을 견딜 수가 없었다. 순간 S가 근심 어린 눈빛으로 나를 바라보았다. 멋진 공연을 하자던 내가 집중을 못 하고 있었던 것이다. S에게 미안한 마음이 들었다. 그녀에게도 분명 소중한 공연일 테니까.

돈을 내고 공연을 보러 온 관객들에게 더 이상 피해를 주고 싶지 않았다. 정신을 차리고 평소보다 더 열심히 에너지를 써서 공연에 집중하였다. 다행히 관객들의 반응은 좋았고 커튼콜 때에도 기립박수를 받으며 공연을 마무리할 수 있었다. 두 선배도 뿌듯한 눈빛으로 나를 보고 있었다.

공연이 끝나자 그들은 내가 멋진 배우가 됐다며 칭찬해 주었다. 그들의 눈빛에서 진심이 느껴져서 더 마음이 아팠다. 나는 정리를 한 후 넘어갈 테니 먼저 극장 근처에 있는 카페에 가 있으라고 했다. 그들은 좋은 공연을 보여 줘서 고맙다는 말을 남기고 먼저 극장을 나갔다.

S에게 사과를 하고 자초지종을 들려주었다. 그러자 그녀는 내가 선배들을 만나지 않는 게 좋겠다며 걱정해 주었다. 극장을 나와서 잠시 고민했다. 과거 다단계에 빠졌던 후배를 구해 줬던 것처럼 그들을 구해 주고 싶었다. 그들과 보낸 시간 덕분에 내가 성장했으니까.

극장 앞에서 J에게 다시 전화를 해서 고맙다는 말을 전했다. 전화를 끊는 순간 내가 이순신 동상 앞에서 촬영을 할 때 J가 광화문까지 데려다주었던 기억이 떠올랐다. 두 선배들 때문에 마음이 아팠지만 그래도 내 곁에는 좋은 사람들이 있다는 생각을 했다.

S와 J의 조언대로 그들과 만나지 않기로 마음먹었다. 선배 단원 중 한 명에게 갑자기 일이 생겨서 만나기 힘들다는 연락을 했다. 선배는 잠시만이라도 볼 수 없느냐고 했지만 냉정하게 거절했다. 눈물이 흘러내렸다. 동경의 대상인 두 선배들이 미숙한 나에게 조언해 주던 순간들이 머릿속을 스쳐 지나갔다. 배우로 산다는 것이 정말 쉽지 않다는 생각이 들었다. 조금만 중심을 잃으면 나락으로 떨어질 수 있다는 것을 실감했다. 그렇지만 모두를 지킬 수는 없었다.

'사라져 버린 그들의 몫까지 버텨 내야지.'

배우 인생에서 포기할 수 없는 이유를 하나 더 가슴에 새겼다. 그리고 진심으로 바랐다. 그들이 빛나던 자신의 자리로 다시 돌아올 수 있기를.

일 년 동안 많은 것을 배우면서 두 시즌을 행복하게 공연했다. 분에 넘치는 사랑을 받은 덕분에 더 훌륭한 배우로서 관객들에게 보답하고 싶다는 꿈도 생겼다.

시간이 흘러 모교 선배가 연출로 있는 작품에 참여하게 되었다. 작품의 작가 겸 배우이자 연출인 모교 선배는 훌륭한 예술인이었다. 대본을 읽는 순간 정말 잘 해내고 싶다는 욕심이 들었다. 멀티역을 맡은 배우도 모교 선배였다. 배우 인생을 살아

오는 동안 학교 동문과 함께 작품을 하는 목표도 있었다. 그래서 나에게는 정말 큰 동기 부여가 되고 의미가 있는 작품이었다. 그들과 함께 극장에서 밤늦게까지 무대 세트를 만들면서도 그 시간들이 너무 행복했다.

"내 연봉은 50만 원이었어."

"나는 배우를 하면서 핸드폰을 팔았는데 숫기가 없어서 몇 달 동한 한 대도 못 팔았었어."

어느 날 술자리에서 두 선배가 자신들의 겪어 온 인생 이야기를 들려주었다. 나 혼자 고생을 하면서 살아온 것은 아니었구나, 하는 생각이 들었다. 그런 이야기들을 나누다 보니 새벽 두 시가 넘었다. 그런데도 술집 안에는 사람들이 많았다. 얼핏 보니 낯이 익은 얼굴들이었다. 그때 한 테이블에서 누가 인사를 하러 왔다. 다른 작품에서 공연을 하고 있는 후배 배우였다. 우리는 그를 반갑게 맞으며 연기에 대한 이야기와 배우 인생에 대한 애환을 나누었다. 나도 테이블을 옮겨 다니며 다른 작품을 하고 있는 배우들에게 인사를 했다.

"끝까지 살아남아요!"

우리는 서로에게 덕담을 해 주었다. 덕분에 아무리 마셔도 취하지 않았다. 혼자가 아니라는 생각이 들어서였을까. 나도 모르게 감정이 벅차올랐다.

잠시 후 또 다른 모교 출신 선배가 술집으로 들어섰다. 그는 유명 연극제의 주연상을 받을 정도로 정극에서 유명한 배우였다. 함께 작품을 하는 두 모교 선배와 정극을 하는 선배 그리고 나는 잠시 밖으로 나갔다. 흡연자인 셋은 서로 담배에 불을 붙여 주었다. 나는 그 장면을 물끄러미 바라보았다. 모교 출신 배우들이 이렇게 훌륭한 사람이 되어 대학로를 빛내고 있다는 게 뿌듯했다.

"다들 고맙다."

정극을 하는 선배가 담배 연기를 내뿜으며 말했다. 처음 대학로에 왔을 때 너무 막막하고 힘들어 몇 번이나 배우를 포기하려고 했고 자살 시도까지 했다는 것이었다. 그러나 포기하지 않고 꿈을 좇다 보니 인정을 받고 상도 받게 되었다고 했다. 그는 학교 선배 관계를 떠나서 묵묵히 배우로서 버티고 있는 우리가 대견하다며 지금처럼 열심히 하자는 말을 하고 먼저 술집으로 들어갔다.

두 선배는 1기 선배인 그가 얼굴과 다르게 오그라드는 소리를 잘한다며 낄낄댔지만 나와 마찬가지로 속으로는 진한 감동을 받은 것 같았다.

새벽 세 시가 넘어서야 나는 그들과 헤어졌다. 대로변으로 나왔지만 택시가 잡히지 않았다. 택시를 잡기 위해서 반대 방향으로 걸었다.

'언제가 내가 쓴 작품을 공연으로 올려야지.'

나도 선배처럼 글을 써서 공연으로 올린다면 배우들이 설 수 있는 곳이 더 생기지 않을까 싶었다. 그런 생각을 하면서 걷는데 마로니에 공원이 눈에 들어왔다. 나도 모르게 이끌리듯 공원 안으로 걸어갔다. 늦은 시각이라 공원에는 아무도 없었지만 과거와는 달리 밝은 조명이 공원 전체를 빛내고 있었다. 그리운 마음에 무대에 올라가 보았다. 과거 연습실이 없어 공원에 있는 무대에서 홀로 연습했던 기억이 떠올랐다.

무대에 설 수 있다면 그저 좋던 그 시절, 함께 땀 흘리며 꿈을 꾸던 동지들, 함께 울고 웃으며 힘이 되어 준 사랑했던 사람, 그리고 나를 걱정하던 가족들. 그들 덕분에 버티면서 내가 여기까지 올 수 있지 않았을까 하는 생각이 들었다. 어렵고 힘들어도 포기하지 않은 자신에게 고마움을 느꼈다. 무대 위에서 내려다본 마로니에 공원은 너무나 아름다웠다. 그리고 콧노래를 불렀다. 내 노래가 공원 전체로 울려 퍼져 나갔다.

'이 노래가 바람에 실려 멀리 더 멀리 지구 반대편까지 퍼져 나가길….'

그 꿈, 이룰 수 없어도

싸움, 이길 수 없어도

슬픔, 견딜 수 없다 해도

길은, 험하고 험해도

정의를 위해 싸우리라

사랑을 믿고 따르리라

잡을 수 없는 별일지라도

힘껏 팔을 뻗으리라

이게 나의 가는 길이요

희망조차 없고 또 멀지라도

멈추지 않고 돌아보지 않고

오직 나에게 주어진 이 길을 따르리라

내가 영광의 이 길을 진실로 따라가면

죽음이 나를 덮쳐 와도 평화롭게 되리

세상은 밝게 빛나리라

이 한 몸 찢기고 상해도

마지막 힘이 다할 때까지

가네

저 별을 향하여

–뮤지컬 〈맨 오브 라만차〉의 〈이룰 수 없는 꿈〉

나는 꿈과 사랑이 담긴 이 노래가 온 인류에 전해지길 바라며 불렀다.

사람들은 돈도 못 벌고 불안정한 삶을 사는 배우를 왜 하느냐고 묻곤 했다. 그럴 때마다 나에게 연기란 돈키호테 데 라만

차의 둘시네 같은 존재가 아닐까, 하는 생각을 했다. 냉혹한 현실은 풍차, 그리고 소중한 나의 친구들은 로시난테와 산초인 것처럼.

이 글을 읽으며 꿈을 좇고 있는 당신들도 나와 다르지 않을 것 같습니다. 누가 뭐래도 내 인생의 주인공은 나니까요. 힘든 일이 닥치고 좌절을 겪어도 우리 돈키호테들은 지칠 줄 모르고 달려갑니다. 가슴속에 누구에게도 지지 않을 단단한 철학을 품고.

'오늘도 풍차를 향해 달려갑시다.'

*
맺음말

2010년 대학로 길거리에서 표를 파는 분에게 배우가 되는 방법을 묻던 순간이 아직도 생생합니다. 꿈밖에 없었던 그 시절의 자신을 회상하며 울고 웃으며 글을 썼습니다. 마치 타임머신을 타고 과거로 갔다 온 것 같은 기분입니다. 처음에는 저 자신의 행복을 위해서 글을 썼는지도 모르겠습니다. 이제는 그 대상이 책을 읽고 있는 당신이길 바랍니다.

나는 믿습니다. 망설임 없이 자신이 올바르다고 생각하는 곳으로 향하고 있는 당신을. 그리고 언젠가 그 꿈을 이뤄 내리라는 것을.

책이 출간될 수 있게 도움을 준 책과나무 출판사에 감사의 말을 전합니다. 사랑하는 가족들 그리고 친구들과 배우 동지들도 고맙습니다. 하늘에 계신 할머니에게도 출판의 기쁨을 전하고 싶습니다.

마지막으로 꿈을 가진 대한민국의 모든 청춘들에게 이 책을 바칩니다.